教育部人文社会科学项目『旅游小企业演化的驱动机制及空间差异研究』（14YJCZH105）
黄山天都国际饭店资助出版

带着情怀去服务

黄山天都国际饭店服务故事百例

黄征兵 尹寿兵◎主编

安徽师范大学出版社
·芜湖·

图书在版编目(CIP)数据

带着情怀去服务:黄山天都国际饭店服务故事百例/黄征兵,尹寿兵主编.—芜湖:安徽师范大学出版社, 2019.6

ISBN 978-7-5676-3967-6

Ⅰ.①带… Ⅱ.①黄… ②尹… Ⅲ.①饭店—商业服务—案例 ②饭店—商业管理—案例 Ⅳ.①F719.2

中国版本图书馆CIP数据核字(2019)第035278号

带着情怀去服务——黄山天都国际饭店服务故事百例

DAIZHE QINGHUAI QU FUWU——HUANGSHAN TIANDU GUOJI FANDIAN FUWU GUSHI BAILI

黄征兵　尹寿兵　主编

责任编辑:祝凤霞　何章艳
装帧设计:张　玲
出版发行:安徽师范大学出版社
芜湖市九华南路189号安徽师范大学花津校区　邮政编码:241002
网　　址:http://www.ahnupress.com/
发 行 部:0553-3883578　5910327　5910310(传真)
印　　刷:安徽芜湖新华印务有限责任公司
版　　次:2019年6月第1版
印　　次:2019年6月第1次印刷
规　　格:880 mm × 1230 mm　1/32
印　　张:6
字　　数:130 千字
书　　号:ISBN 978-7-5676-3967-6
定　　价:30.00元

编 委 会

主　编　黄征兵　尹寿兵

副主编　唐文霞　李志明

编　委　胡　华　叶　秀　罗　肃　叶　莉

陈丽君　余忠华　王　云

序

改革开放以来，我国实现了从旅游短缺型国家到旅游大国的历史性跨越，旅游业成为国民经济战略性支柱产业。随着全面建成小康社会的深入推进，旅游已经成为人们日常生活的重要组成部分。与此同时，人们对个性化、特色化旅游产品和服务的要求越来越高，市场细分化趋势日益明显。因此，旅游业的竞争不断由价格竞争、质量竞争、品牌竞争向文化竞争转型升级。酒店业是我国旅游业中开放度和竞争性较强的行业，市场需求以及资本和科技创新的力量带动酒店业的新业态、新模式、新服务和新产品不断涌现并快速成长。如何在激烈的市场竞争中凝聚核心竞争力，进而打造独具特色的产品？如何确定酒店主题文化并把这种文化润化为全体员工的集体价值观，进而提供优质用心的服务？如何适应消费结构升级开创酒店创新发展路径，进而赢得消费者的青睐？这些问题是我国酒店业发展面临的共同难题。

1998年，詹姆斯在《哈佛商业评论》中提出“体验式经济时代来临”，而著名的诺贝尔奖获得者赫伯特则提出“随着信息的发展，有价值的不是信息，而是注意力”。体验式经济要求酒店不仅要满足消费者的功能需求和物质享受，而且要关注消费者的精神需求和个性化体验；注意力经济则要求酒店凝练文化内涵，突出主题特色，最大限度地吸引消费者的注意力。行业竞争压力加大和市场需求的变化，促使文化主题酒店蓬勃发展。中国主题酒店目前已进入标准化建设阶段。

黄山天都国际饭店总经理黄征兵先生是一位“贾而好儒”的酒店人，思想敏锐，厚文重教，善于学习，勇于实践。20世纪90年代他在黄山桃源宾馆工作时，就显示出了良好的酒店经理人的职业素养和学习精神。此后他到黄山轩辕国际大酒店和黄山天都国际饭店工作，不断学习探索酒店管理的真谛并积极付诸实践，取得了显著的经营管理业绩！2015年以来，黄山天都国际饭店开拓创新，着眼文化竞争的高度，以企业文化建设为核心，以徽文化为源泉，着力打造安徽省首家“徽州故事”文化主题酒店，依循“文化品鉴—文化体验—文化情怀”三部曲，通过视觉、听觉、触觉等方面富有特色的文化符号，营造徽州文化景观，传播徽州文化精神，吸引市场注意力；通过展览、竞赛、交流等多种形式讲述徽州人文故事，丰富消费者的文化体验；通过全员学习和践行中华优秀传统文化，树立酒店文化集体价值观，提升宾客传统文化情怀，满足消费者的精神需求和个性化体验。黄山天都国际饭店通过这些方式最终实现经济效益和社会效益双提升，让员工、宾客、业主和企业都满意。

尹寿兵先生是安徽师范大学地理与旅游学院酒店管理系主任、国家旅游局“全国旅游业青年专家”，具有很好的酒店管理理论素养和实践经验。他从企业文化和酒店管理的理论视角，对天都国际饭店打造文化主题酒店的实践进行了总结归纳，实现了从实践到经验，再到理论的升华，从而可以更好地指导实践。

《带着情怀去服务——黄山天都国际饭店服务故事百例》一书是目前我国徽州文化主题酒店的第一部著作，也是黄山天都国际饭店在文化主题酒店建设过程中的鲜活案例和理性分析的结晶。每一则故事既是徽州文化的传承，也是文化主题酒店建设的见证，更是理论与实践相结合的案例。我相信，这本著作对丰富我国文化主题酒店建设的经验和内涵，以及酒店管理业界文化主题酒店的实践具有借鉴作用，对酒店管理学界文化主题酒店的研究具有参考意义。

这部著作不仅凝聚着天都人的智慧和心血，见证着天都人的辛劳与成长，而且体现了新时代新徽商对传统徽商精神的传承和弘扬，对于我国文化主题酒店的研究和建设都具有一定的价值。

苏　勤

2019年5月1日

前　言

当今的酒店业处于一个竞争与挑战同在，压力与机会并存的时代。打造独具特色的产品，提供优质用心的服务，赢得消费者的青睐，并不是一件容易的事，这就要求我们必须要努力去探索、创新。

黄山天都国际饭店隶属于黄山旅游集团有限公司，坐落在新安江畔，如天都峰般巍然屹立，卓尔不群。取名“天都”，寄寓着天都人“和谐立身、和谐处事、和谐经营”的职业境界和“志存高远、不畏艰险、勇攀高峰、追求卓越”的天都精神。

黄山天都国际饭店于2010年1月28日试营业，拥有客房700余间，是当时市内单体客房数量最多的酒店。但是，体量大不是卖点，而是难点；大众化的产品不是热点，而有可能成为冰点。产品普通，功能单一，一度使饭店经营举步维艰。2015年以来，饭店领导班子积极探索，明确方向，厘清思路，并将企业文化凝练为精神内核、职业境界、管理理念三个方面内容（见《黄山天都国际饭店企业文化》），不断开创工作新局面。饭店秉承“抓经营、强管理、塑品牌，跳出饭店谋发展”的经营思路，坚持打徽文化牌，走差异化路，以“文化建设”为引领，以徽文化为源泉，以故事为着眼点，以“特色化、精细化、暖心化服务”为抓手，以“四个满意”（即员工满意、宾客满意、业主满意、企业满意）为目标，依循“文化品鉴—文化体验—文化情怀”三部曲，持续致力于打造安徽省首家“徽州故事”文化主题酒店。

一是文化品鉴。以新安书画、剪纸、徽州三雕、徽州古村落图片、黄山风光摄影和徽派盆景等多种艺术形式为载体，传述徽州人文故事，构建饭店徽文化元素和内涵，努力再现徽州历史文化，满足宾客品鉴需求。

二是文化体验。定期举办徽文化系列展和“天都之翼”摄影大赛，让宾客感受徽州人的深情厚谊，经历一次情怀之旅；开办“天之都”茶吧，让宾客在悠悠茶香中感受回归自然、轻松和谐的慢生活；傍晚时分，庭院内，黄梅悠扬，声声入耳，掌声、喝彩声此起彼伏……通过多种途径丰富住店宾客的体验。

三是文化情怀。党的十八大以来，习近平总书记多次强调要传承和弘扬中华优秀传统文化，他指出：“中华文明源远流长，孕育了中华民族的宝贵精神品格，培育了中国人民的崇高价值追求。自强不息、厚德载物的思想，支撑着中华民族生生不息、薪火相传。”一方面，黄山天都国际饭店通过“抓好一层，影响一圈，带动一片”的递进战略坚持全员学习，并建立中层管理人员集体学习制度，既不断学习时事政治，又坚持学习优秀传统文化。四年来，中层管理人员通学了《三字经》《弟子规》《千字文》《论语》《道德经》等国学经典，全店15个班组晨会集体诵读《弟子规》，学习徽州故事，已成为饭店一道亮丽的风景线。饭店员工组成的编辑部编辑出版《听天都人讲徽州故事》一书，并由饭店文艺宣传工作室将故事录制成音频，使徽州这片神奇大地上流传着的优美故事飞进千家万户。文化如水，润泽万物，员工们领会了文化精髓，提升了文化情怀，能更好地服务宾客，续写新徽州故事。另一方面，饭店通过营造浓厚的文化氛围，丰富宾客文化体验，以期感染宾客走近徽文化等优秀传统文化，从而提升宾客文化情怀。

通过学习，员工提升了综合素质和竞争力，也给饭店带来了丰硕的成果：2015年至2018年，相较期初数，饭店营业收入累计增加3358万元，年均增速12.75%，GOP（营业毛利）累计增加1262万元，年均增速22.8%。同时，饭店还获得了“安徽省文明单位”“安徽省国有企业学习型组织示范点”等众多荣誉称号。

在取得成绩的过程中，我们积累了一些经验，也不断地发现短板和不足，需要我们正视，举一反三，继往开来。正是出于这样的考虑，我们收集汇编了四年来饭店发生的百余则服务故事，并作简要评析，希望在我们“徽州故事”文化主题酒店建设的实践中，把这些鲜活的故事沉淀下来，成为饭店发展历程的见证；也能作为新员工培训的教材，以故事说理；更重要的是让每一位员工从中汲取营养，带着情怀去服务。当下，文化主题酒店经营之路方兴未艾，我们的经历可以为同行提供借鉴，也可以为旅游管理专业的师生们提供教学参考。

全书共分营销部、前厅部、房务部、技术安全部、财务部、人事行政部六篇，收录服务故事百余则，是黄山天都国际饭店员工对客服务的真实反映，由基层员工提供内容素材，由部门经理审定初稿。每篇故事除正文之外还设有“分析与应对”栏目，试图分析故事发生的原因、过程、结果，提出应对方法或操作规范等。

囿于编者的能力水平，书中一定存在不妥之处，敬请各位同行批评指正。

本书编写过程中得到了黄山天都国际饭店全体员工和安徽师范大学地理与旅游学院的大力支持，特别是地理与旅游学院院长、教授、博士生导师苏勤先生倾情作序，在此一并表示衷心的感谢！

黄征兵

2019年1月1日

黄山天都国际饭店企业文化

一、精神内核

人生境界“5+1” 健康的生活方式、善良的个人品德、进取的工作态度、终生学习的观念、高雅的兴趣爱好，外加一颗感恩的心。

天都精神 志存高远、不畏艰险、勇攀高峰、追求卓越。

天都人品 积极进取、克己奉公、乐善好施、谦虚好学、言行一致、自省自励。

二、职业境界

天都“三观” 价值观：有满意的员工，迎来满意的宾客，带来满意的利润。员工、宾客、业主、企业，四轮驱动，共同分享。事业观：在平凡中成就不平凡。行为观：勿以善小而不为，勿以恶小而为之。

天都境界 和谐立身、和谐处事、和谐经营。

团队建设目标 干净、和谐、务实、创新。

职业操守 自尊自爱、在意他人、诚实勤奋、文明有礼。

天都作风 加强沟通；马上就办，办就办好！

经营战略 打徽文化牌，走差异化路。通过文化品鉴、文化体验、文化情怀三部曲，持续致力于打造“徽州故事”文化主题酒店。

市场定位 特色鲜明、服务温馨、功能齐备的大型综合性饭店。

经营思路　抓经营、强管理、塑品牌，跳出饭店谋发展。

服务理念　用规范和责任感动宾客。

服务特色　特色化、精细化、暖心化。

职场意识　规范意识、主动意识、进取意识、创新意识、沟通意识、团队意识、自律意识、模范意识、危机意识。

员工成长　坚持学习中华优秀传统文化，抓好一层，影响一圈，带动一片，实现员工素质的全面提升。

三、管理理念

安全管理理念　安全是一切的一切。

安全管理目标　零重大安全隐患，零安全管理责任事故。

安全管理方针　制度严、培训严、执行监管严，态度实、作风实、举措实。

安全管理要求　人人都是安全员。

质量管理理念　没有质量就没有品质，没有品质就没有效益，忽视质量就是忽视生存和发展。

质量管理目标　凡是宾客目视范围都必须是整洁美观的，凡是提供给宾客使用的设备设施都必须是安全有效的，凡是为宾客服务的员工都必须是亲切友好的。

质量管理方针　用规范和责任成就质量，用质量成就品质、赢得市场。

质量管理要求　认真对待每件事，认真做对每件事，认真做好每件事。

黄山天都国际饭店诚信工作倡议书
——诚信三字经

为积极推崇天都精神，遵循天都职业操守，践行天都“三观”，诚实守信、扎实工作，不断为宾客提供满意的服务，打造诚信天都、品质天都，我郑重承诺：

讲文明，倡礼仪；诚当先，信要坚。
守善德，遵法纪；惜缘分，扬正气。
对父母，多孝顺；对兄弟，多谦让。
对子女，树榜样；对同事，要友爱。
对师长，多尊重；对徒弟，多称赞。
好员工，比服务；亮业绩，展风采。
宾客至，当亲人；迎和送，要真诚。
重安全，防风险；严规范，守流程。
知无穷，识有限；多学习，提素质。
好环境，共维护；勤节俭，惜能源。
天都人，学文化；讲诚信，重品质。
勿唯我，常感恩；乐公益，常助人。
遵公德，塑典范；步调齐，创佳绩。

我承诺，我践行！

承诺人：

日　期：

目　录

YING XIAO BU

营 销 部

忠诚 热情

敏捷 创新

着眼“徽州故事”，彰显文化魅力

当今饭店业处于一个百家争鸣、百花齐放的时代，市场竞争日趋激烈，价格竞争愈演愈烈。黄山天都国际饭店自2015年以来以“文化建设”为引领，充分利用徽文化资源，致力于打造安徽省首家“徽州故事”文化主题酒店。走进大堂，映入眼帘的是巨幅“天都迎客”剪纸以及其他多幅精美剪纸作品，还有“徽州人物”系列展；客房区域以书画、摄影、雕刻等艺术形式展现徽州故事，让宾客仿佛步入徽州艺术的殿堂；“天之都”茶吧的茶艺和戏曲表演，无不体现出轻松和谐的慢生活；经常举办“听天都人讲徽州故事”活动，让宾客感知“徽州人”“徽州事”。饭店编辑部先后挖掘收集了500篇徽州故事，制成展板，悬挂于客房内，并从中遴选出部分作品结集出版了《听天都人讲徽州故事》一书，作为文化客售品陈售。通过走差异化路，自2015年至2018年，饭店营业收入持续增长，GOP翻番，这些都充分彰显了文化的魅力，体现了文化的价值。

◎分析与应对

黄山天都国际饭店一方面通过预防性维修和计划性保养相结合的举措，持续改善硬件条件，优化产品功能，另一方面以“文化建设”为引领，从文化品鉴、文化体验、文化情怀三个方面，着力打造“徽州故事”文化主题酒店，既让宾客获得了富有徽州特色的文化感受，丰富了入住体验，也提升了饭店的市场吸引力和竞争力。差异化就是“不同”：顾客不同，企业提供的产品与服务就应该有所不同；即便宾客相同，企业也要提供与其他竞争对手不同的更合乎宾客需求的产品与服务，为宾客提供独特的体验，以提升自己的竞争力。

如何提升饭店的市场吸引力和竞争力？（1）调研市场，以宾客体验为着力点，提升宾客满意度；（2）优化饭店产品与服务，更新硬件与软件；（3）持续彰显主题文化，同时提升服务人员综合素养。

提升品质是提高价格的砝码

饭店“打徽文化牌，走差异化路”，致力于打造“徽州故事”文化主题酒店，借助徽文化的内涵提升饭店品质。11月，饭店A座围绕“徽州故事”文化主题升级改造，其基本理念是：文化竞争是方向，价格竞争是有力武器，产品是关键，服务是核心。为了给A座注入文化特色，饭店编辑部精心收集编辑了首批250个徽州故事，制成展板，悬挂在客房内；升级客房和楼道地毯，提高房间日用品档次；提高对客人的关注程度和对细节的重视程度，从而发现客户的内在需求。饭店正确的市场定位和合理的客房价格，受到很多国内商务客人和东南亚客人的青睐。通常，饭店档次和服务与价格相称，地理位置理想，与优质服务相结合的产品较为畅销。那么，A座升级改造后能否提价？针对这个问题，营销部进行了全面的市场调研。反馈结果显示，部分客户有异议，部分客户基本满意，其他客户可以接受。饭店最后决定：本着原质原价、提质提价、优质优价原则，全面导入收益管理模式，所有房间实行周末价；同时A座提质提价，在原有基础上非周末价提高18元/间，周末价再提高30元/间。经过一段时间运行，上述决策效果良好。

◎分析与应对

饭店产品的品质是价值的核心内容，饭店产品价值包括有形的物质价值和无形的服务与文化价值。价格是价值的物质表现形式，质价相符才会得到消费者的认可，而物有所值则有可能受到更多消费者的追捧。所以，饭店要思考如何提升品质，动态把握价格，为饭店创造更大利润的同时保持或扩大饭店原有的市场份额。

综上，我们应该做到：(1) 在饭店产品质量提升过程中，明确提升饭店整体品质，确定合适的价格；(2) 充分开展市场调研，借助灵活的价格政策，满足不同客人的需要；(3) 做好市场宣传，关注调价后的市场动态，赢得更多的市场份额。

体验时代的特色营销

随着人们对生活质量要求的逐步提高，客人入住饭店并不只是为了获得栖身之地，而是希望获得一种经历，获得精神上、文化上的享受。黄山天都国际饭店自2015年开始致力于打造“徽州故事”文化主题酒店，一切从市场需求出发，打造个性化服务，适时调整客房产品，满足客人多样化需求。随着单身女商务客的增加，饭店推出女宾房，从装饰到布局处处都体现了女性的优雅精致，有突出文艺女性温婉闲适的青花瓷古典风格，也有突出都市女性自信靓丽的都市时尚风格，还有阳光女孩“卡哇伊”的可爱浪漫风格，受到越来越多女宾的青睐。为缓解都市生活节奏快的压力，饭店影视客房以独特的房间布局、装饰等烘托出休闲氛围，利用现代科技手段将影视画面投放到墙上，画面大小可以调整，操作方法简单，客人躺在床上就能享受在电影院观影的效果。饭店紧紧抓住客人的消费需求，突出特色，采取差异化管理，赢得市场先机。

◎分析与应对

饭店是客人旅途中的“家”，温馨要无处不在。随着顾客需求和市场情况的变化，饭店应不断调整产品，发掘市场潜力，提供更专业、更精细的服务，满足客人求新求异的心理需求，从而赢得忠诚的顾客，取得较好的效益。

提供优质服务，我们应注意以下几点：(1) 提高客人舒适度，需保证饭店设施设备齐全完好；(2) 调研客人需求，注重客人入住的真实体验和感受；(3) 根据客人需求，设计个性化的客房。

抢抓市场先机

随着“互联网+”营销模式的推广和微信平台的广泛运用，饭店借力网络媒体、客户资源，准确把握市场先机。2016年3月，饭店推出“天都优客（TPG）计划”，将TPG平台打造成饭店第二营销系统，提升客人满意度。饭店成立了TPG运营团队，从制定TPG方案到优先顾客级别及优化会员权益等方面通盘统筹。该计划主要面向所有持有效证件的国内外上门散客、协议单位顾客、网络订房顾客、无协议但享受饭店管理人员折扣价的顾客。各部门针对方案的目的、操作流程等开展培训，真正实现自媒体的宣传营销，大力推广新营销系统。试行1年后，TPG平台实现营业收入188万元。TPG团队不断完善管理办法、会员体系；结合市场形势和会员需求，不断优化、更新微信订房系统和在线支付功能；不断优化会员等级制、增加会员权益、丰富会员产品、提升会员服务品质，走差异化管理之路，赢得市场先机，赢得口碑，赢得客人忠诚度。

◎分析与应对

随着网络的普及和发展，人们能在网上买到绝大部分需要的商品，可以说足不出户就能满足自身的基本需求，因此网购逐渐成为现代人的一种重要消费习惯。饭店瞄准市场发展趋势，紧跟时代步伐，根据顾客的不同需求，推行网络营销。饭店根据市场细分，选择目标市场，推出TPG计划，将其打造成饭店第二营销系统。

拓展市场应注意以下几点：(1) 加强网络媒体学习，设计开发网络销售平台，满足客人购买需求；(2) 确定目标市场，进行新营销系统推广；(3) 饭店经营要不断关注市场需求的变化，及时采取措施抓住商机，抢占市场。

措手不及与沉着应对

3月，饭店迎来某全国性会议，300余间房连住5天，营销部小叶认真与会务组核实细节，逐一落实。客人陆续进店，服务跟进过程非常顺利。会议结束的当天14:00左右，会议用房有50间未退，但当天预订率已达到96%。

营销部小叶紧急联系会务组："徐主任，您的会议用房大部分已退房，但还有50间房客人未退，今天饭店房间已全部预订满，会议代表的房大概几点能退？"徐主任告知小叶："有些客人一早就出去旅游了，今天没退房就续住，续住房费客人自付。"小叶心想：昨晚还问过是否全部退房，明确告知退房，现在可好，"没退房就续住"，那我怎么办？真是让人措手不及！

小叶将情况及时汇报给营销部经理。营销部沉着应对，立即梳理当日其他房型的空房数，紧急与未到店的客人核实到店时间，暂停当日预订。"××团减少2间，××客户2间标间可以升级1间家庭房，××单位因客人临时有事取消2间，××预订5间可以加床2张拿4间房，空出1间、2间、3间……20间”，营销部采取免费升级部分房型、加床等办法，直到17：00，终于圆满解决了这个棘手的问题。

◎分析与应对

对饭店经营而言，实施预订是一把双刃剑，既可最大限度地保证满房，提高当日客房收入，也可能因为超额造成饭店信誉下降、善后处理的成本支出，以及法律纠纷方面的负面影响。本故事中，当日的应退客人房间未退，导致房间超售。营销部及时采取补救措施，梳理其他类型客房，最大限度地整合客人预订资源，较好地处理了房间不够的难题，消除了可能导致客人不满的因素，维护了饭店声誉。

从本故事中我们可以总结出以下几点：(1) 凡是大型活动，营销部门必须高度关注房态变更；(2) 饭店的机动房需充分考虑到当日变动因素，提前做好应对；(3) 营销部门应及时总结经验，避免类似事件再次发生。

转怒为笑

早上8:00，余先生径直来到前台说：“我通过美团网预订了一间家庭房，现在办理入住。”前台小吴核实信息后，热情有礼地回复：“余先生，您好！您预订的家庭房，因昨晚满房，房间暂时不能安排，需要等客人退房后打扫干净才能办理入住。”余先生急了，表示要投诉。

前台立刻将情况汇报给了负责美团网业务的蒋经理。蒋经理当即来到前台，安抚余先生并解释：美团网上已注明办理入住时间为13:00起，如有空房肯定会第一时间安排。接着，蒋经理询问了客人的行程安排，建议客人先寄存行李，待游玩归来再返店办理入住手续。但客人想先入住，稍事休息后再出去游玩。

此时恰好有一间家庭套房退房，前台立即告知蒋经理。蒋经理与余先生沟通后，建议其一家四口入住家庭套房，环境更加舒适，且价格不变。余先生听后十分满意地接受了，退房后还在美团网上给予了好评。

◎分析与应对

客人出游碎片化趋势增多，抵达目的地后临时预订的比例加大，客人需求往往和饭店规定的办理入住和退房时间有冲突，且有时客人预订时未能仔细阅读预订条款和饭店说明，误以为饭店不同意安排入住，从而产生误解。本故事中饭店相关负责人及时根据实时房态，向客人提供建议，较好地处理了客人个性化需求与饭店规定之间的冲突。

遇类似情况应注意以下几点：(1) 前台应热情主动服务客人，分辨客人预订房的种类，提出解决问题的建议，维护饭店的规定；(2) 遇到客人投诉，及时向当班督导汇报，同时耐心倾听，并想办法解决问题；(3) 换位思考，解决客人投诉的问题，让客人感受到饭店确实是为他设身处地地寻求解决问题的方案。

圆了小时候的梦

“黄山有‘天下第一山’的美誉，以奇松、怪石、云海、温泉、冬雪著称。明代大旅行家徐霞客称赞：‘五岳归来不看山，黄山归来不看岳。’妈妈，这次我终于可以登黄山、赏晚霞、看日出了。”一家三口在大堂开心地交流着，小姑娘满脸喜悦。

小龙正值旅游处当班，观察到那位爸爸推着轮椅，心想小姑娘应该是行动不便，这一定是一个特殊的家庭。小龙上前询问：“您好，有什么可以帮您吗?”小姑娘的妈妈说：“我想了解一下适合我们一家的黄山游览线路。因为要携带轮椅上山，十分不方便，网络上咨询了好多家旅行社，都不太满意。”交流中小龙得知他们的宝贝女儿五年前因病半身不遂，转眼女儿都读高中了，一直梦想来“登”黄山，这次的自驾游就是想圆宝贝女儿的梦。

小龙暗暗下定决心要帮小姑娘圆梦。小龙介绍了黄山的常规游览路线，同时考虑小姑娘一家的实际情况，特地介绍了另外一条路线，建议他们携带轮椅自驾游，再乘坐车厢宽敞的太平索道上山，并介绍了周边景点和山上的住宿情况。客人听后感觉这条路线靠谱。同时，小龙考虑到该自驾车最好能直达索道站，减少换乘的不便，她以前恰好在太平索道站上班，对那里的情况十分熟悉，于是联系了黄山北大门综合处和太平索道站，希望能给予方便。小龙与他们的沟通非常顺利，还向小姑娘的妈妈递上了自己的名片："这是我的电话，旅游期间有任何需要请给我打电话，我会第一时间想办法为您解决。"

次日，小姑娘一家带着梦想向黄山出发，小龙为小姑娘的勇敢点赞，小姑娘一家也为小龙的热心点赞："没想到你们的服务这么贴心，祝愿贵饭店生意兴隆！"

◎分析与应对

用心为客人提供"满意+惊喜"式的服务在本故事中得到了很好的体现，饭店员工通过自己的专业知识和用心的服务，对客人的行程做出针对性的安排，获得了客人的称赞。员工在日常工作中，通过对周边环境的细致观察，有可能发现岗位职责范围之外的"工作任务"。员工如何在做好本职工作的基础上把工作做得细致、周到，本故事中的小龙提供了较好的示范。

如何提供"满意+惊喜"式的服务？(1) 作为黄山脚下的酒店，服务人员掌握丰富的旅游知识是做好服务的前提；(2) 想客人之所想，急客人之所急，根据客人需求，有针对性地提供个性化服务，有助于提升客人满意度；(3) 饭店工作人员既要做好本职工作，又要能充分利用饭店内外的工作条件，为客人提供"满意+惊喜"式的服务。

核房要仔细

8月初，饭店营销部经理接到××旅行社江总的投诉电话："我们的组团社投诉这次团队两次入住的房型不一样，差别很大，对方认为我们在欺诈他们，请你们查清楚原因。”营销部经理向江总表达了歉意，答应马上查清楚原因并予以回复。营销部调出旅行社当时的传真件，发现预订的是商务楼20间标间，隔日续住，共两个晚上。但是预订系统录入的是B座（普通楼栋）20间房，团队抵达前一天，营销部预订中心核房时只核对了房数，未核对楼栋；抵达当日，前台只核对了房数和到店时间，也未核对楼栋。

次日早上，团队退房上黄山游玩，途中因一位客人生病，旅行社便再预订一间商务楼房间，供其休息。领队陪同客人到房间，发现与昨天入住的房间不同，遂产生疑惑，并向组团社投诉。营销部了解情况后，及时与旅行社沟通，对因饭店的失误给旅行社带来的麻烦表达真诚的歉意。

◎分析与应对

饭店预订中心是控制房价以及容量（可卖房）的关键节点。本故事中，预订中心和前台接待人员未按规范操作，导致信息核对有误，造成客人对饭店不满，损害了旅行社的客户关系，也给饭店造成了不良影响。预订中心和接待岗位的工作人员在预订和接待信息输入过程中，要认真核对相关信息，避免出现差错。

规范操作，避免不良影响，应注意以下几点：(1) 标准化是星级饭店运营的基础，工作人员需要严格执行岗位操作规范；(2) 饭店内部要定期开展岗位培训，提升员工工作技能和责任心；(3) 预订中心工作人员每日下班前要做好核查工作，与前台接待人员在客人抵达饭店前要做好工作衔接；(4) 饭店各岗位应高度重视客户反馈，及时汇报并处理。

一场担保引起的风波

2017年6月中旬，由本地××公司介绍的全国××商会秘书长联席会议在饭店召开，会议由营销部小叶负责接待。此次活动费用由上海的融资租赁有限公司（以下简称上海公司）全款赞助。客人入住当天，上海公司在前台刷卡预授权5000元，小叶考虑会议由本地××公司介绍，应该没问题，同意先拿房，离店后再结算。此次活动，客人在饭店消费2万元，客人离店当天，上海公司要求余款采用汇款方式支付，同时要求提前开发票用于报销。因费用额度在担保权限内，小叶便同意上海公司事后汇款，并通知前台提前开发票。

饭店财务月底清算未结算的账目时发现这笔2万元的款项未到账，于是通知小叶催款。此时小叶才想起来，预授权5000元早已过期。小叶立即联系上海公司，告知对方她的担保权限和时间，请其尽快汇款。上海公司以没有与商会谈妥细节、无法报销费用等理由提出延后支付。小叶联系本地××公司，对方表示只引荐客户，不承担担保责任。

饭店规定，营销经理在担保权限内的金额若未如期回款，需承担全额赔款责任，于是财务连续5个月暂扣小叶的工资。1次、2次、3次……经过多次催讨，该笔款项终于在12月初全额汇到饭店账户。

◎分析与应对

饭店应严格执行相关信贷制度，规范营销人员担保权限。此故事中，营销经理过于信赖客户，未履行饭店工作流程和相关规定，使该笔款项拖延长达半年，这对销售工作是一次警示。

遇类似情况应注意以下几点：(1) 营销经理为客户担保前需认真履行相关手续，签署合同；(2) 各相邻岗点应充分承担工作职责，如前台应在预授权快到期时予以提醒，财务日审账目时应查清单据是否齐全；(3) 营销人员应加强业务知识学习，避免饭店利益受损。

我错了吗

10月是饭店的黄金季节，一天中午，预订中心员工小喻正在员工食堂用午餐，工作电话突然响起，电话那头的人焦急地说："我是通过美团网预订房间的吴中，上午9:00已退房，身份证可能遗忘在B0912房间，现在人在高铁站无法进站，请帮忙查找一下。"小喻一刻不敢耽误，当即致电服务中心。服务中心回复此楼栋的服务员正在对客服务中，需要延后处理。

小喻心想："高铁可不等人，我要尽快给客人答复。既然已退房，房门应该是开的。"小喻立即结束用餐，直接来到B0912房门口，门果然大开着，于是小喻进房查找，约10分钟后在书桌上的房卡袋里找到了吴先生的身份证。

“吴先生，您的身份证已找到。”小喻电话中知道了吴先生已改签高铁票并开具了身份证明，“我们可以安排快递邮寄，费用到付吗?”吴先生很失望地说：“我离开3个小时了，你们都没去收拾房间。”小喻解释道：“饭店有700多间房，针对网络贵宾我们实行免查房制度快速办理退房，房务部员工是根据楼层一间一间清理，希望您能谅解。”吴先生继续发泄着心里的不满，小喻再次解释：“在店期间您遇到任何问题，我们都会及时处理。现在我为您这事饭都没顾上吃，急客人之所急，希望您能理解。”此时吴先生更加生气了：“你什么意思，遗忘身份证是我的疏忽，但是你们一直不收拾房间，没有及时发现客遗物品也是有责任的，不是吗?”客人提出要找饭店经理投诉，并挂断了电话。小喻将吴先生的身份证交给大堂经理并汇报了事情的经过，大堂经理带着真诚的歉意及时致电吴先生，通过反复沟通，最终取得了吴先生的谅解。

◎分析与应对

秉承“宾客至上”的服务理念，采用积极、规范的沟通语言是提高饭店服务质量的重要途径。把客人当家人关心，除了付出“感情上的投入”以外，还必须“善解人意”，重视语言技巧，为客人提供满意的服务。本故事反映出员工沟通技巧缺失或沟通方式不当，一句“费用到付”，没站在客人的立场上看问题，并与客人理论，从而导致客人不满，影响饭店的服务品质。另外，服务中心也应该“急事急办”，“需要延后处理”的答复是不妥的。

遇类似情况，我们应注意以下几点：（1）真心诚意帮助客人解决问题，并及时安抚客人；（2）严格按照流程处理客遗问题，相关部门积极配合；（3）加强沟通技巧培训，不与客人争辩；（4）主动承担该承担的责任，提升为客人服务的意识。

学好英语很重要

Miss Lily通过Expedia（在线旅游公司）预订了饭店10月4日的两间客房，直连订单全英文显示。营销经理小吉便按照自己的理解，在预订系统中备注“客人现付前台”。

Miss Lily如期到达了饭店，两间房五人入住，并在前台支付了两间房房费押金。小吉当日审核Expedia系统后台时发现，Miss Lily的订单除两间房房费外，额外又生成了353元。小吉心想：“难道我理解错了？353元是什么费用呢？”一知半解的小吉请教了营销部经理，才知道自己理解错了，四人预订两间房只需要支付两间房房费，若多出一人则需要额外支付服务费353元。

此时Miss Lily正在旅游处咨询旅游事宜，当班的小黄英语非常棒，向Miss Lily推介了旅游路线，Miss Lily很满意。小吉担心自己的英文水平不好，与Miss Lily沟通可能会造成误会，于是请小黄帮忙解释说明。小黄用流利的英语向Miss Lily说明了房费的构成，表示当时收取押金时没有说明多出一人的额外费用，请Miss Lily理解。

Miss Lily 离店时主动让前台扣除了额外费用，同时对小黄的服务赞许有加，表示房间品质不错，如果下次来还会选择黄山天都国际饭店。

◎分析与应对

为适应新时代发展趋势，快速提升宾客体验，满足网络时代宾客便捷高效的服务需求，饭店与多家OTA（在线旅行社）市场预订直连，提升酒店竞争力。同时，随着旅游业的迅速发展，掌握好外语已成为旅游饭店员工日益迫切的任务。此故事反映出营销经理英语水平不过关，需加强学习。

因此，我们应该根据饭店客源结构，制订外语培训计划。另外，沟通是对客服务中必不可少的环节，相互补位非常重要。

我爱我“家”

饭店文化建设靠员工参与，而员工之间又以亲情般的关爱为纽带。如果每位员工心里都装着这份关爱，让“墙上文化”变为“行为文化”，那么构建的就是我们共同的家园——天都家园。饭店以班组建设为着力点，倡导“快乐学习、快乐工作、快乐生活”。营销部员工以“《弟子规》，我学到什么”为主题举行了座谈会，共同学习传统文化并将其精髓运用于班组建设中。遵循天都人“自尊自爱、在意他人、诚实勤奋、文明有礼”的职业操守，饭店每季度都开展主题活动。班组家园文化墙以黑板报、剪贴画、展板等多种形式，展示班组风采，创造一个交流的空间、学习的平台、展示的舞台；班组之间相互学习、取长补短，形成你追我赶的氛围。生日季，营销部创新形式，创办了户外登山、在班组家园文化墙上张贴过生日人员姓名等活动，激发员工工作热情，增强员工团队意识和凝聚力，营造积极向上的良好氛围。

◎分析与应对

班组是饭店结构中的基层单位，是饭店建设的主力军。饭店文化建设必须有活动的支撑才能凸显作用，同时需营造良好的学习环境、工作环境和生活环境，因为良好的饭店文化氛围能促进员工的团结和团队协作。班组文化建设是饭店文化的细化，是饭店文化建设的具体体现。

建设班组文化，我们应该做到：(1) 提升班组学习能力，营造和谐氛围；(2) 培养员工的集体主义精神和主人翁意识。

QIAN TING BU

前 厅 部

热 情　耐 心

主 动　高 效

60天的重复

一分耕耘，一分收获。12月17日，天都国际饭店收到一封来自新疆和田地区客人的集体感谢信："住宿两个月，饭店的工作人员为我们提供了细致、贴心的服务，各方面都考虑得非常周全……对服务人员，我们表示衷心的感谢！"字字句句都是对饭店服务的肯定，对工作人员的赞扬。

10月17日，新疆和田地区挂职人员一行入住我店。由于客人入住时间较长，饭店所有接待流程都按VIP长住客标准执行，指定专人负责此楼层管理，研究制定个性化服务方案，如以姓尊称，关注客人每日行程，满足客人每日合理需求，准确有效地回复客人的问题，热情周到地提供各项细致服务。另外，饭店还为客人房间配备了雨伞、特色小食品、地方茗茶、专用的沐浴液以及洗发水，每日配送当天的报纸，客人在店所用的菜肴尽量不重复。正是这些不厌其烦的日常细节，正是各岗位员工60天内重复做好每件事，努力响应客人的需求，诠释了"满意+惊喜"的服务，赢得了客人的赞誉。

◎分析与应对

此故事体现出"服务赢得人心"。饭店服务无大事，但小事也是大事。在个性化需求越来越多的今天，饭店不仅要为客人提供规范化的服务，还要提供个性化的服务，想客人之所想，只有让客人满意、惊喜甚至感动，客人才会成为饭店的回头客。因此，饭店员工要做“规范人”，更要做“有心人”。

遇类似情况应注意以下几点：(1) 前厅需关注每日预订情况，若收到VIP订单，根据要求向饭店各部门下达VIP客户接待通知单；(2) 各部门详细了解住店客人信息，结合客人需求提供针对性服务；(3) 大堂经理对客人住店期间的需求多加关注，促进服务品质提升。

保护客人隐私

饭店无小事，任何一件小事若处理不当都会引发不可想象的后果。

某天凌晨3点多，一位看起来很疲倦的女士来到前台，对前台接待人员说：“张×，已订过房。”前台小吴快速帮助客人在电脑中查询：“不好意思，没有查到张先生的订单，您是拿房吗？”女士说：“张×先到，已经入住了。”前台在已到预订单内查到张×的订单，但不是张×的身份证登记的，小吴请该女士自行联系，并告知她饭店需对住店客人信息保密。这位女士再三告知前台小吴：“怕张×出事，因为电话联系不上。”小吴听后遂放松了警惕，将张先生的房号告知了这位女士。这位女士上楼后开始敲门，此时前台意识到“出问题”了。

值班经理和安保督导快速赶到现场，这位女士情绪非常激动，称其丈夫在房间里。房内的客人听到外面的敲门声，半天不敢吱声，致电饭店管理人员恳求将其爱人带走。在值班经理和管理人员的耐心劝说下，这位女士不再敲门，情绪略有好转。之后管理人员准备了房间请她去休息，她却一直不愿离开。此时，张先生的朋友来店“救援”，将张先生的爱人劝离……

◎分析与应对

饭店应履行客人在店期间安全责任制度，除非公安机关办案执法，否则都应该保护客人安全及隐私。严格执行访客制度，教育员工提高警惕，遵纪守规，落实各项安全防范措施；同时加强验证登记制度，严格检验访客有效证件，做到人证要符，登记内容齐全、准确。

遇类似情况应注意以下几点：(1) 遇访客询问住店客人信息，建议客人自行联系或者留言，不可告知其房号，除非住店客人已同意；(2) 出现故事中的情况应立即通知值班经理及安保督导前往处理，说服访客离开客房区域，尽量将事态控制住；(3) 严格落实“四实”登记制度（实名，住宿人与登记人要相符；实数，登记人数与实际入住人数要相符；实情，如实登记住宿人的证件信息；实时，登记后要立即上传住宿信息），“出问题”后真诚地向入住客人致歉，承认工作失误，请求其原谅。

一张假钞

11月4日是一个繁忙的周末，22:00左右，前台还忙得不可开交。小陈正在为张先生办理入住登记。张先生直接将当晚房费付清，并交押金100元。小陈将100元夹在客人已签名的押金单内，继续为其他客人办理入住。半小时后，收银员小吴签收张先生的押金单，准备入账，发现其交付的100元钞票有问题。正巧大堂经理小杨在旁边，仔细查看后确定是假钞。小陈此时打算先电话与客人沟通，被大堂经理小杨制止，现金没当面验证，此时客人不一定承认，于是决定次日将“有问题”的钞票物归原主。

次日，张先生退房时，当班收银员小声嘀咕此房假钞的事情，引起了张先生的关注。张先生收到“有问题”的钞票看了看，当场投诉为什么给他假钞。收银员解释道：“此钞票是昨天您交给前台的。”客人断然否认自己持假钞交押金，称这张钞票不是自己的，并反唇相讥道：“从昨天到今天，一定是你们把钞票调包了，这张钞票不是我的，如果你们将假钞给我，我就要投诉你们。”收银员讲不清、道不明，想想也是前台自己的失误，最终换了一张真钞给客人……

◎分析与应对

饭店服务要保持较高水准，必须要有一支精明强干、一丝不苟的队伍。前台收款应严格按照财务管理制度执行，验证钞票真伪，唱收唱点，以免留下安全隐患。前台对客服务中，既要有验证真伪的真本领，又要具备一定的服务技巧。因此，前台工作人员要有良好的综合素质。

综上，我们应注意以下两点：(1) 加强员工业务技能的培训，学会验证现金真伪，唱收唱点；(2) 发生此类事件应立即上报，由管理人员与客人沟通，取得客人的认同。

失而复得的墨镜

2017年4月28日14:00，大堂经理小李接到吴先生的电话："我住B0606房，与老伴来参加50周年的同学聚会。我的眼睛怕见阳光，女儿特地送了一副墨镜，但刚刚出去回来时急于下出租车，不小心将墨镜遗忘在了车上，而我没有索要出租车发票，你看能不能帮我找回墨镜?"大堂经理小李知道丢东西就像旅途中遇到一场坏天气一样，此时吴先生夫妇一定很难过。小李一边安抚吴先生，一边询问他们上车的地点和时间，墨镜的牌子和颜色，然后请吴先生先休息，并承诺会随时告知查找的进展。

想客人之所想，急客人之所急，小李联系值班经理查看门厅前吴先生所乘坐出租车车牌号，因为停车时间短，反复回放录像，最后基本确定车牌号前几位数。与交通台联系播报遗失信息后又联系市运管处查询出租车所属公司，拨通了出租车所属公司的电话。1分钟、2分钟、3分钟……时间一点点过去了，这意味着找到失物的机会越来越渺茫，没有人知道丢失的墨镜是否还在车上。

功夫不负有心人，电话铃响了，是那位出租车司机的电话，他说眼镜遗落在后座位上，听到广播后立即联系饭店，小李代表饭店向好心司机表示感谢。眼镜完璧归赵后，吴先生和夫人高兴地说："真想不到眼镜还能找回来，我要为你们的服务点赞……"

◎分析与应对

天下无难事，只怕有心人。想尽一切办法为客人解决问题，即使机会渺茫也不要放弃。客人墨镜失而复得，体现了饭店极致的服务精神，找回的不仅是墨镜，还有客人的好心情。这种极致的服务加深了饭店与客人的互动，搭起了沟通的桥梁，为饭店赢得了赞誉。前厅的服务往往具有综合性的特点，需要整合饭店内外资源，为客人提供极尽所能的服务。

遇类似情况应该注意以下两点：(1) 不能因为事情困难就拒绝帮助客人，而要积极寻求解决办法；(2) 要把客人当亲人，急客人之所急，及时为客人排忧解难，让客人的出行不留遗憾，从而体现出我们的高度责任心和主动为客人服务的良好工作状态。

紧急找寻

2017年7月2日上午8:00左右，一位台湾中年男士急匆匆向前台走来，着急地说："我是某旅行团的吴阿宗，我太太不见了。刚与她争执了几句，她生气走开，转眼间就不见了。我和团友已经找遍整个餐厅和入住的楼层，都没找到。因为她患有帕金森症，所以我每年都会陪她旅游散心。这下可怎么办?”前台小江一边安慰吴先生，一边了解其妻子的着装和外貌特征，并请其至茶吧休息。

了解情况后，小江马上报告了值班经理，值班经理立即通知监控室帮助查找线索，监控显示客人出餐厅后走进了消防楼梯。于是，值班经理又通知饭店全员行动起来，关注饭店各个进出口、饭店广场、每个楼层、每个角落，一经发现，立即汇报。经过20分钟的努力，工作人员终于在二楼休息区找到了吴先生的妻子，并将吴先生的妻子引至大堂。吴先生见到妻子很激动、很高兴，吴先生和团友不停地致谢，感谢饭店的帮助。

◎分析与应对

饭店的工作作风是反应快、行动快，秉承用规范和责任感动客人的理念，致力于打造客人“家外之家”，认真对待每件小事，细心对待每位客人，坚持换位思考，为客人提供“满意+感动”式服务，温暖离家在外客人的心。客人提出的需求往往超出了一个部门、一个岗位的职责范围，这就需要饭店不同部门、不同岗位之间紧密团结，沟通协调，共同完成对客服务。

遇客人走失，我们应该首先确定客人走失时所穿衣物和外貌特征，以及最后出现的时间和地点，然后根据时间段查询监控，帮助寻找。

欢迎您回家

人间四月芳菲尽，黄山美景迎嘉客。4月16日是台湾著名摄影家李松茂老师一行第40次登黄山摄影创作，续拍20余载“黄山缘”，第12次下榻黄山天都国际饭店。饭店根据李老师的习惯及喜好，以“回家”为主题，为其安排远离电梯的安静的江景房，配备李老师爱吃的水果，折叠寓意安康长寿的吉祥物装饰房间，在房间摆放李老师历年来在黄山的留影和他喜欢的茶具，总经理还亲自用小楷写了一封欢迎信。当晚恰逢与李老师同行的一位团友生日，饭店提前精心准备了蛋糕。

20:30左右，饭店唐副总与前厅陈经理带着鲜花至机场接机，举着写有“李老师，欢迎您回家”的牌子。饭店大堂高清屏上不断播放着“欢迎李松茂老师回家”。所到之处，员工热情的欢迎声不绝于耳：“欢迎李老师回家。”到房间后，李老师对房间的精心布置连连称赞；当生日蜡烛燃起，大家一起为同行团友唱生日祝福歌；茶吧员工为李老师一行精心准备了茶艺表演，大家一起品味茶香，感受浓浓徽文化，畅谈黄山缘，诉说天都情。

临别前，李老师不断嘱咐下个档期的客房预订……

◎分析与应对

此故事体现了“量体裁衣”的定制式服务。在满足客人共性需求的基础上，针对客人个性特点和特殊情况，主动积极地为客人提供特殊的服务，让客人获得“家外之家”的舒适体验。故事中一声声“欢迎李老师回家”带着真情实意，是一种个性化服务。做好个性化服务需要所有的管理人员和员工共同努力，这样才能提高饭店的市场竞争力，实现效益最大化。

针对VIP客人，应注意以下几点：(1) 饭店各部门予以重视，提前做好部门的VIP接待预案；(2) 做好客史档案的收集和整理，从服务上提升顾客满意度并形成竞争优势；(3) VIP客人在店期间，各部门多关注，做好热情主动的服务。

细节感动客人

3月份的一天，D1222女宾房入住一对母女，母亲的年龄大约有70岁，腿脚行动不便。前厅经理得知后，与大堂经理小吴带着精美果盘登门拜访，在交谈中得知，王女士母女是黄山本地人，现定居在香港。这次王女士与母亲到黄山探亲，王妈妈风湿发作，亲戚家楼层高，上、下不方便，暂时在饭店住一段时间。前厅经理对王女士选择天都国际饭店表示感谢，并与王女士沟通，提出饭店会备好轮椅方便王妈妈出行，减少其疼痛。大堂经理呈上自己的名片，告知有需求可随时联系。同时，客房安排业务熟练的小曹负责此房的清扫，因为入住时间长，小曹定时将母女俩的衣服拿出去晾晒，还专门为王妈妈送去脚盆和一些生活必需品。有时候王妈妈会用方言与小曹聊几句，小曹热心细致地为她解答，同时主动介绍家乡的变化，让王妈妈体会到家的温暖。

这天，大堂经理小吴在大堂内碰见王女士母女，王妈妈刚拔牙，面部浮肿。小吴看在眼里，疼在心里，于是提前通知餐厅准备鸡蛋羹，送至王妈妈房间，并与王妈妈沟通次日将准备稀饭等流食。王妈妈特别感动，在小吴要离开房间的时候，紧紧地握着小吴的手说："小姑娘，我年纪大了，尽给你添麻烦了，谢谢你们啊！"并对饭店的服务赞不绝口。

◎分析与应对

饭店应注重细节服务，员工在平时工作中要善于学习，勤于探索，细心观察，尤其对于老人、小孩或者行动不便的特殊人群更应该多加关注。想在竞争中立于不败之地，就必须深挖细节服务，在客人的惊喜和感动中培养忠诚客户，培育客源市场。

优质服务应做到：(1) 主动问候，多关心多了解，给予长住客相应的礼遇；(2) 定期回访，关注客人入住期间的感受，以便提供更好的服务；(3) 把客人当亲人，为客人提供满意周到的服务。

破损的行李箱

12月4日18:00左右，某旅行社接待的台湾团到店。司机在安保员的引导下，将大巴车停稳。此时导游对礼宾小宋说："请将所有行李先送进房间，我的客人还要出去吃饭。"小宋快速行动起来，将大巴车内的行李一件件搬运到行李车上，搬到最后一件时发现行李箱的轮子破裂。小宋将情况反映给导游，行李箱的主人恰好在旁边，说："是我的箱子，途中轮子就已经裂了，有些不方便推拉，没事的。"送完其他行李后，小宋联系了工程师傅。不一会儿，在工程师傅的巧手之下，行李箱可以正常推拉了。

客人返店回房发现后，致电大堂经理，表示非常感谢礼宾的服务并连声夸奖："真是想不到，只是随口一说，你们就记在心里了，真的谢谢你们！"

◎分析与应对

饭店员工不仅要提供岗位日常服务，还应"想客人之所想，解客人之所难"，快速高效地帮客人解决难题，将服务做精做细，创造让客人"满意+惊喜"的服务效果。

收存行李时需注意以下几点：(1) 收存行李前要向导游报行李件数，并对行李略做检查，如发现有破损，应立即向导游说明；(2) 在行李卡上填写日期、经手人、行李件数等，并将行李卡下联交给导游；(3) 善于观察，主动服务，提升客人满意度。

用心服务，收获快乐

"最好的服务就是把麻烦留给自己，把方便和实惠留给顾客！今天我在贵店就获得了这样的优质服务和体验……"一封来自吴女士的感谢信，诠释了饭店如何用规范和责任感动客人。

7月份是黄山的旅游旺季，也是饭店的旺季。B0526房吴女士满脸愁云来到前台，前台小鲍一眼认出了吴女士："您好，吴女士，我是昨天为您办理入住的小鲍，有什么可以帮您的吗？"吴女士将家人的入住体验和心中的疑虑告知小鲍：原来本次旅游她们一家策划了很长时间，现在家人对B0526家庭套间朝向不满意，但入住前已经将5天的费用支付给网络公司了。小鲍认真倾听，了解客人的需求特别是对房型的要求，考虑到家庭套间都是一个朝向，小鲍与吴女士商量，建议换一种房型，有一家三口的亲子间，告知价格后亲自陪着吴女士看房，中途热情介绍了黄山的风土人情，推荐了优质景点。吴女士对亲子间很满意，同意了小鲍的建议。但亲子间比家庭套间价格便宜，小鲍想着不能让客人支付额外费用，便积极与营销部沟通，随后又与网络公司联系，经多次协商，最终网络公司同意退回房费差价给吴女士。这本来是一次不太满意的入住体验，最后变成一次惊喜的体验。

◎分析与应对

饭店的核心是为客人提供满意的服务，用规范和责任服务客人，为客人着想，尽可能地让客人有意外的惊喜，并且重视客人的反馈意见，及时采取补救措施，将不满意的客人转变为满意的客人，使每一位客人都有宾至如归的亲切感受。本故事中饭店员工推荐客人选择亲子间，但并不急着让客人马上定夺，而是先陪同客人实地参观，并热情介绍黄山的风土人情，推荐优质景点，较好地用夹心式的报价方式向客人推销客房产品。

遇类似情况，我们应该：(1) 耐心倾听客人意见，了解清楚原因；(2) 积极与网络公司及营销部沟通，帮客人解决问题，做到既不损害饭店利益也能满足客人需求；(3) 加强前台人员培训，根据不同客人的情况，利用不同的报价方式合理推销饭店客房及其他产品。

一杯蜂蜜水的感动

某天21:00左右，监控室人员向大堂经理报告C座四楼楼道有一位年轻的女士带着两个孩子并艰难地搀扶一位男士，监控室人员分析猜测这位男客人可能是不舒服。大堂经理小李与安保督导一同赶到该楼层，客人已进房间休息，入住的是C0418房间。大堂经理随即致电房内，询问是否需要帮助，接电话的张女士称丈夫因朋友好客多喝了几杯，并无大碍，谢谢关心。小李担心客人酒喝多难受，通知房务中心准备解酒的蜂蜜水和冰毛巾，陪同服务员一同送入房内，告知张女士醉酒客人注意事项，晚间有任何需要可随时拨打80006与我们联系，并在交班本上记录此房客人酒喝多了，请特别关照！

次日，C0418房张女士的丈夫来退房，连连称赞饭店服务好，晚上发现他酒喝多了还给他及时送去蜂蜜水等，感觉像回到了家里。无微不至的服务深深打动了客人，客人留下了表扬信表示感谢，并祝饭店生意兴隆！

◎分析与应对

饭店服务有一个非常著名的公式“100-1=0”。良好的业务素养，细致体贴的服务，满足客人的个性需求，才能让客人体会到宾至如归的感觉。本故事中监控人员发现客人异样，是工作主动性的体现。如何想客人之所想，需要在日常工作中发挥积极主动性，多看多听多思考。

遇类似情况，我们应该：(1) 如发现客人身体不适，饭店人员要及时关心询问；(2) 将发现的情况及时反馈给大堂经理及管理人员，提供必要帮助；(3) 客人住店期间对其持续关注，做好交班记录。

谁的行李

5月16日21:00左右，安保督导小黄和平常一样在广场巡视，发现广场有四件无人看管的行李，询问了广场其他安保人员后得知，因忙于广场车辆指挥，他们也不知道什么时间多出来四件行李。

小黄将信息反馈给大堂经理小吴。行李上没有明显的标识，不能确定是否是团队客人的。大堂经理小吴与安保督导小黄将行李先寄存在礼宾处，然后分头行动起来：小黄通知监控室查看广场区域的录像，因晚间录像不清晰无法判定，但确定20分钟前有大巴车进出；小吴让前台调出近20分钟进店旅行团队资料，逐一与导游联系是否有行李遗留在饭店广场。“我有四位客人未到店，但有四件行李是跟我们团队车来的，不会是我们的行李吧！”此时一位导游紧急联系了司机，司机告知已将未到客人的行李也下下来了。导游及时将信息反馈给大堂经理。大堂经理告知导游遗失的行李需本人认领，客人到店请及时与我们联系。22:00四位客人到店，大堂经理与客人进行了核实，交还了行李。客人感激不已，并留下表扬信，赞扬饭店员工高尚的品格与积极负责的工作态度！

◎分析与应对

饭店精细化管理与个性化服务，在实践中主要是通过非常规服务或惊喜服务而实现的，有时体现在很小的一件事情上。在管理中的每个环节，服务中的每个细节，看似不起眼的一件事，却能给客人带来满意和惊喜。

本故事中安保督导表现出了很好的业务素质：(1) 巡视认真负责，发现遗落行李能及时反馈给大堂经理；(2) 积极寻找失主，处处体现认真的工作态度；(3) 找到失主后，核实确认行李，操作规范。

预授权扣款引起的风波

8月3日14:00左右，李女士匆匆来到前台结账，前台查询到李女士昨晚入住A0616房，早上8:00退房并已结账。李女士说："不可能，离开饭店前只是将房卡交给你们前台退房，没有结账。"前台请李女士不要着急，并与当班小吴联系。小吴称早上A0616房客人将房卡放在前台，还没来得及与客人再次确认房号，客人已经离开。小吴心想有预授权押金便先按退房处理，查房后没有问题就直接将房费从预授权中扣除，但没有与客人电话联系确认。

前台向李女士表示了歉意，李女士不乐意："为什么没有征得我的同意就动我的卡？我需要刷指定公务卡才能报销，需要你们提供账单和发票，现在退现金给我吧，我重新刷公务卡。"前台收银员努力向李女士解释，根据财务规定，不能退现金，只能将已扣房费汇到原卡上。最终，经过解释，李女士表示理解相关规定，同意了前台的办法。

◎分析与应对

坚持规范的操作程序，认真对待每件事，做对每件事，做好每件事，提升前台整体业务水平。故事中反映出员工工作责任心不强，业务操作不熟练，导致客人不满。

客人退房结账时，前台应注意以下几点：(1) 客人至前台退房，应礼貌问候，并核对相关信息，征询客人付款方式，若客人已离开，应打电话与客人联系确认付款方式；(2) 根据付款方式打印好账单并与客人核实账单和发票的相关信息，请客人签字；(3) 客人只退房暂不结账，可为其办理暂挂账，等待客人返店结算，但预授权押金一周内客人未返店结算需与客人联系。

主动服务帮修鞋

7月的一天，大堂内客人熙熙攘攘，一位年轻女士正光着脚从饭店广场向大堂走来，手上还提着她的凉鞋。细心的礼宾小叶马上迎上去："您好，我可以帮您什么吗?"这位女士正着急，看看自己的鞋子，再看看自己的脚："鞋子脱胶可以帮忙修吗？我已经办理过入住了，晚上约了朋友，如果没办法修，我就得马上去购买一双。"小叶一刻不敢耽搁，立即着手处理，并请客人先回房或在茶吧休息。客人选择在茶吧等待，茶吧服务员送上一杯温红茶，房务中心送来了饭店的拖鞋暂时应急。小叶拿着这位女士的凉鞋来到了技术安全部，在技术安全部师傅的帮助下，用万能胶水粘好了鞋子。小叶将鞋子送到那位女士手上，请她试穿。女士脸上立刻露出了灿烂的笑容，穿上自己的凉鞋连声道谢……

◎分析与应对

不管是哪个岗位，都要真正做到把客人放在首位，凡事都从客人角度去考虑，这样才能提高服务质量。此故事反映出服务员于细微处见专心，处处留意，服务中始终秉持"以客为先"的理念，设身处地为客人着想，把服务做在客人开口之前，让客人感受到饭店的真挚。

综上，我们应该做到：(1) 工作中及时发现客人需求；(2) 与相关部门沟通，第一时间帮助客人解决问题。

遗落的手机

5月6日14:00左右，A0605房江先生来到前台退房，因赶14:50的高铁，江先生放下房卡没等客房查房便匆匆离开了饭店，房费已由江先生朋友提前支付。

“丁零零”，前台电话响起，A0605房客遗手机一部。房务中心按贵重物品客遗流程将手机送至前台寄存。大堂经理小杨心想，手机是随身必需品，一定要尽快找到客人。于是，小杨拨通了入住登记单上预留的电话号码，将情况告知了江先生朋友。为稳妥起见，特地请江先生朋友提供了江先生的电话号码。大堂经理拨打江先生电话时，客遗手机铃声响了起来，小杨更加确定这是江先生的手机。江先生朋友非常热情，帮忙联系了江先生妻子。

16:00左右，前台接到江先生来电：“我是今天退房的A0605房客人，走得太匆忙，太大意了，手机落在贵饭店，给你们添麻烦了，可以让我朋友来代取吗?”小杨与江先生进行核对，并告知江先生代取的手续，江先生表示感谢。

次日，江先生朋友来店办理手机领取手续，再次感谢后离开。

◎分析与应对

客房工作人员细心，大堂经理尽责，想客人之所想，急客人之所急。服务没有句号，发现客遗物品应积极主动想办法联系客人，细节体现在服务的整个过程中。

客遗物品处理注意事项：(1) 找到客人联系方式，与其核对，请其查找有没有遗落物品；(2) 当客人说出物品特征或标识的时候，与其确认，无误后告知其领取方式或代领取方式；(3) 当客人来领取时，复印身份证件，将物品交给客人核实，请其写好收条并予以留存。

预退房有行李怎么办

10月6日16:00，A0516房的客人一行来到前台，说要到房间取行李。此时前台告知其房间已退，客人听后，顿时发了脾气，怒气冲冲地质问前台服务员："即使到了退房时间，我没同意，饭店也无权进入我的房间，收我的行李。"

大堂经理小杨马上向客人解释："因为是旅游旺季，今天也是客满，您的房间预订一天，14:00您没来退房，登记时您没留电话号码，我们与订房人联系了；订房人说您去黄山旅游了，一时回不来，房间无贵重物品，请我们先帮您退房，行李放前台寄存。很抱歉订房人没与您说明，请您谅解。"客人依然不依不饶加以指责，大堂经理小杨不断致歉，请其谅解。客人因赶行程，最终将房卡退还给了前台，大堂经理小杨送走了客人……

◎分析与应对

在高入住率的情况下，一定要重视延迟退房的客人，在不能帮助客人安排延迟退房的情况下，一定要充分理解客人的难处，尽量帮助客人，给客人提供其他的建议；在自己不能处理的情况下一定要及时上报领导。此故事中，客人不满意的原因主要是订房人未告知其行李情况，但饭店有关工作人员对此事的处理也不够慎重。

遇类似情况应注意以下几点：(1) 在房间紧张的情况下，与住店客人取得联系，询问其是否退房；(2) 若客人退房，则在征得住店客人同意后，按照饭店规定由大堂经理与安保、礼宾、服务员一同帮客人整理行李，做好登记存档，并进行记录交班；(3) 若没有联系到住店客人，可通过营销经理找到订房人电话，将此情况电话告知订房人，请其联系住店客人，在获得住店客人同意后进行退房处理。

“家外之家”

11月初，大堂熙熙攘攘挤满会议报到的客人，前厅当班人员被分成两组快速为会议客人办理入住、指引等工作，此时大堂经理小李注意到休息区有一位蜷缩起身体的客人，神色非常不对劲。

她赶紧倒了一杯温水给客人送过去，轻声询问：“您好，有什么可以帮您吗?”客人无力地睁开眼睛说：“我胃不舒服，吃点胃药就好了，没事，谢谢。”小李立即将手上的温水递给客人，客人拿出药服下。沟通中得知，这位客人也是参加此次会议的，房间暂时还没拿到。小李考虑到客人的特殊情况，立即为客人进行上房登记，好让客人先休息，并嘱咐客人如还有什么不舒服及时告知我们。

客人临走时不仅对小李细心、关切的举动感激不已，还对饭店人性化的服务赞叹有加。

◎分析与应对

饭店是大家出门在外的住所，就像“家外之家”一样。提供优质服务，拉近与客人的距离，这种亲情服务可以使客人成为我们的忠实客户，同时可以提升企业竞争力。

因此，现场管理人员在走动式管理中应善于观察，善于分析，同时提供细心周到的服务，方便客人。

把“对”让给客人

11月9日21:00左右，有一位先生怒气冲冲地来到前台，将手中的A0912房卡往前台一扔：“你们这是什么饭店，什么房卡啊，连门都打不开!”前台小江连忙致歉：“对不起，先生，我马上帮您重新制作一张。”小江检查了此房卡，发现可以正常使用，便轻轻地问了一声客人：“先生，请问您在使用房卡时，门锁系统上是否有亮灯呢?”小江话还没说完，那位先生突然打断道：“你什么意思啊？我住了这么多的饭店，难道连门都不会开吗？你们饭店怎么搞的，什么服务啊?”

小江一边向客人道歉，一边向大堂礼宾示意，并将房卡递给礼宾，请客人跟随他上楼。行进中，礼宾主动为客人介绍饭店楼栋情况，A栋与C栋很近，但不乘同一部电梯。客人此时才意识到自己走错楼栋了，立即为刚刚的行为向礼宾表示歉意。

◎分析与应对

把“对”让给客人，不能只停留在言语上，尊重他们是最基本的要求。客人需要什么？需要人格的尊重、甜美的微笑、周到的服务。文明有礼的语言、热情周到的服务等都体现了对客人的尊重，关注和关心客人，才能赢得客人。

综上，我们应该注意以下两点：(1) 站在客人的立场考虑问题，给客人以充分的尊重，给客人下台阶的机会；(2) 遇到脾气暴躁的客人，员工受到委屈，管理人员要理解员工，尊重员工，开导员工。

亲情化服务感动客人

“热情周到的服务以及那种亲情般的关怀让我深深感慨，像这样一个充满青春、阳光、热情的团队，真的非常值得我们所有客户的赞赏与推荐！……”一封来自客人的感谢信中这样写道。

11月23日13:00左右，大堂经理小杨接到A1304房客人的来电，请求帮助。原来A1304房客人一行上黄山游玩，因同行有位老人行动不便，便将老人留在房间休息，现在电话联系不上，家人担心，请求大堂经理帮忙去房间照看一下。了解情况后，小杨立即赶到客人房间，发现老人在房间看电视。得知老人家还未吃午饭，想吃面条，小杨立即赶往附近餐馆，自费为老人打包了一份热乎乎的面条，并留下电话，嘱咐老人如果遇到问题可随时联系。离开客人的房间后，小杨通知房务部多加关注老人的动态。

老人的家人回到饭店后，特地赶到前台对饭店周到的服务表示了诚挚的感谢。

◎分析与应对

尊敬老人是中华民族的传统美德，为客人提供“满意+惊喜+感动”的服务，在服务中融入亲情，在工作中用心用情，把客人当家人，以亲情化的服务感动客人。

如何以服务感动客人？(1) 急客人之所急，积极帮助客人解决问题；(2) 切实为客人着想，细节出真诚，细节出口碑，感动客人的往往是细节服务。

字画找到了

11月7日，“姓氏宗亲博物馆”的吴老师向大堂经理小杨反映，其放在展示区的两幅字画不见了，请帮忙寻找。小杨请示总值，进行区域监控查找。近2个小时的监控查询后发现，当天有一批旅游团队入住，其中有2位成员拿走了字画。小杨拍下监控的画面，与该团的导游取得联系，确认是其团队客人，希望导游协助取回字画，或告知客人喜欢可以购买。导游来到客人房间，与客人交流沟通后，客人将两幅字画交给了导游，最后字画物归原主。

◎分析与应对

饭店致力于打造“徽州故事”文化主题酒店，以差异化之路，突破同质化竞争趋势。引进“姓氏宗亲博物馆”，为徽州文化主题增添了一抹古色古韵，同时构建了徽州文化沟通交流的平台。

遇类似情况，我们应该注意：(1) 加强内部管理和物品提醒工作；(2) 加强相应公共场所的监控，保留相关证据；(3) 切不可说客人私自拿走或偷走，以防损伤客人的自尊心，留下不好的印象，若客人不愿购买，则将物品收回。

余款怎么一直没到账

11月9日上午8:00，前台正是退房高峰期，电话“丁零零”响起来，小倪礼貌地接起电话：“您好，这里是前台，有什么可以帮您的吗？”电话那边的男士说：“我姓李，11月6日入住A0716房间，办理入住时，刷预授权押金500元，房费是198元，你们告知两个工作日余款到账，可是到现在还没到账。”

小倪向李先生表达了歉意，并核实了信息，征得李先生同意后，留下了联系方式，承诺余款查清马上给其回电话。

小倪请财务截取当日刷卡流水号和预授权完成的小票，询问

POS机售后，得知操作一切正常。小倪将结果反馈给李先生，并将当日的收款预授权完成数字截屏发送给李先生，告之有问题可随时与我们联系，同时请李先生致电发卡行咨询。李先生对处理结果十分满意，并连声道谢，说马上再去银行查找原因。

◎分析与应对

信用卡交易作为一种结算方式，交易数量近年来呈逐年稳步上升趋势，并且在未来的信用卡市场中具有很大的发展潜力与空间。客人提出问题和疑惑时，应抱着实事求是的态度，不能武断地否定客人，而应仔细查询，对客人负责，用事实说话，给客人一个满意的答复。

遇客人使用信用卡预授权交易时，我们应注意：(1) 信用卡预授权业务通常包括预授权和预授权完成；(2) 预授权及预授权完成得到客人的授权，交易单据上需签名，同时核对签名；(3) 提供一站式服务，避免客人有疑问，造成工作上的被动。

“不翼而飞”的身份证

11月20日上午9:00，B1322房间的李先生办理完退房后离开了饭店。约1小时左右，李先生来电：“你好，请查一下B1322房，我的身份证可能落在了房间，我上午11:30的高铁，需要身份证取票。”

前台小江立刻致电服务中心，询问B1322房是否有一张客遗身份证。此时该房间正在打扫，服务员并未发现身份证。于是，小江将情况告知了李先生。没过多久，李先生返回饭店：“办理入住时，身份证放在房卡袋内，很可能没有拿出来。”

小江陪同李先生一同进房查找，此时房间已打扫得整整齐齐，过道上只有一袋未带走的垃圾。大家仔细搜索过每个角落，最后只剩下垃圾袋里没找，打开垃圾袋，果真在房卡袋内发现了身份证。

◎分析与应对

饭店工作看似简单，但要做好并成为一名优秀服务人员，必须练就一身过硬的本领，熟悉自己的工作职责、工作程序、工作标准。良好的职业技能是给客人提供优质服务、高效服务、周到服务的基础。

因此，我们应注意：(1) 在办理入住时，应提醒客人保管好身份证等贵重物品；(2) 提高房务部员工工作责任心和细心度，业务技能不仅要熟练更要精通，从而提供优质服务。

暖心服务

10月4日上午11:40左右，前台小姚对当日预退房进行电话预退处理，电话至C0612房：“您好，张女士，我是前台小姚，请问您今天是否退房？我们的退房时间是中午12:00前。”“你好，我儿子发烧嗓子不舒服，能否延迟一小时退房？”小姚马上安慰张女士，考虑到孩子生病，同意延迟一小时退房，并告知有需要可以随时给前台打电话。张女士表示感谢。事后，小姚将此事反馈给部门领导。

小姚心想嗓子不舒服，淡盐水也许有帮助，于是到厨房取了少许盐粒给C0612房送去。张女士离店时，一再向前台表示感谢，并对饭店的服务表示满意。

◎分析与应对

服务行业日常工作中发生的每一件小事都关系着服务质量的好坏，员工在服务过程中要细心观察，真诚服务，这样才能发现客人的需求；要多站在客人的角度为客人着想，得到客人的理解和信任，让细心成为一种习惯。

暖心服务应做到：(1) 及时发现客人需求并给予帮助；(2) 始终为客人着想，为客人提供恰当的服务，让客人满意。

房型升级记

9月8日中午，一对夫妻带着孩子径直向前台走来。小吴礼貌问候："您好，女士，有什么可以帮您吗？""你好，携程网已帮我订过一间亲子房，姓名是张××。""好的，有您的预订，请您出示有效证件。"小吴为张女士办理好入住登记手续，并请礼宾引领张女士至A座电梯口。

5分钟后，张女士来到前台，表示不满，说现在的亲子房和携程网图片上的房间不一样。携程网上的亲子房有两种价格，预订前给前台打过电话核实，咨询了两种价格的房型区别，前台回复房型无区别，只是不在同一栋楼，所以她选择了略便宜一点的亲子房。张女士要求饭店予以处理。

小吴听完张女士的抱怨后表示，因饭店失误导致预订错误，非常抱歉。小吴将情况反馈给部门领导，并将A座亲子房升级至C座商务楼亲子房，希望张女士一家在饭店能度过一个愉快的晚上。

◎分析与应对

该故事的发生说明前台人员对饭店房间的产品及布局不熟悉，导致客人询问时未给客人提供正确的引导，最终造成客人预订房型错误，且造成客人不满，给客人留下不好的印象。

前台工作人员应该做到：(1) 熟练掌握饭店房间布局、床型大小和特殊房型等具体信息；(2) 给客人提供正确信息，若不清楚情况，可了解清楚后再回复客人。

失而复得的摄影架

11月25日上午，一位女住客急匆匆地来到饭店大堂，非常着急地说："您是饭店礼宾吗？有一件事麻烦您，我今天早上乘坐出租车到你们饭店，刚刚发现我的摄影架忘在出租车的后座上了。"礼宾小王马上安抚客人："您别着急，我们一起想一想办法。您早上大约几点到达我们饭店的？有出租车小票吗？”客人说：“具体时间记不清了，没取出租车小票。”“请出示一下您的房卡好吗？”小王接过客人递过来的房卡并请客人在茶吧稍等，随即至前台查询了这位客人办理入住的具体时间。

小王将情况反馈给大堂经理，通过监控查到了客人乘坐的出租车车牌号，然后通过出租车营运中心与司机取得了联系。20分钟后，司机把摄影架送到了饭店前台。拿到摄影架的客人感激不已：“太谢谢你们了，谢谢你们的细心和周到。”

◎分析与应对

面对日趋激烈的市场竞争，服务不仅仅要达到标准，还应体现情感化，要发自内心，不能应付了事。饭店的服务理念是“用规范和责任感动宾客”，热情待客，竭诚服务，使每一位客人都有宾至如归的亲切感受。

遇类似情况，我们应该：(1) 认真倾听，安抚客人情绪；(2) 积极主动帮助客人解决问题。

坚持原则保安全

金秋十月，中午的阳光暖暖的，三位男士悠闲地走向前台。“先生，您好，请问是办理入住吗？”前台小康礼貌地问道。“你好，我们以××名字预订了两间房。”小康快速核实了预订。

“先生，一共三位入住吗？请出示身份证件。”有一位先生称身份证忘记带了，想用两个证件开两间房。“先生，公安机关规定入住客人需要实名实数登记，如果您确定没带，我们的礼宾可以陪同您至辖区派出所开具入住证明。”小康耐心地解释。

此时，客人还在犹豫是否过去，小康又耐心地向客人解释：“如果没按要求登记，是我们工作的失职，如果临检到您的房间，一是会处罚我们，二是您还要去派出所录口供。我们先为您办理一间房，您的入住证明过来后马上为您办理另一间房，谢谢您。”客人在小康的解释下表示理解前台的工作，并在礼宾的陪同下前往辖区派出所开具了入住证明。

◎分析与应对

在服务行业耐心很重要，对客服务没有耐心是做不好的。饭店不按规定登记住宿，根据《中华人民共和国治安管理处罚法》和《中华人民共和国反恐怖主义法》，会被处罚。饭店及员工要严格坚守底线，为自己、为饭店、为客人建立最稳固的“安全线”，坚持原则保安全。

遇类似情况，应注意以下几点：(1) 饭店前台要做好入住登记工作，认真落实“四实”制度；(2) 与客人沟通应采取积极主动的态度，使用友好合适的语言；(3) 适当的示弱，能让客人感觉有面子，处理事情也能事半功倍。

一张早餐券

繁忙的早晨，前台径直走来一位女士。“女士，您好，有什么可以帮您的吗？”“A0516房办理退房，另外请问房价含早餐吗？”前台员工小张查阅了系统订单，属“无早”订单。“方女士，您的房间不含早。”方女士嘀咕着“昨天也是这个价格，但含早餐”，并将手机信息给小张看，上面写着“房价含早”。小张又仔细看了系统订单信息，还是“不含早”，于是又向客人解释一遍，并告知早餐的价格。网络订单是免查房，小张询问了方女士有没有物品落下后，快速地为方女士办理了退房。

事后，前台小张将此情况反映给大堂经理。经查实，该房价确实是含早餐的，是预订人员错将订单做成了无早订单。大堂经理带着歉意致电方女士，解释后获得了谅解。

◎分析与应对

服务首先要有服务意识，服务意识的起点是微笑和问候。服务意识表现为时刻为客人提供主动、热情、耐心、周到、礼貌、细致的服务，以满足客人需求，以让客人满意为标准。

客人提出的疑问要多方核实后再给客人答复，不要直接回答“没有”或“不知道”。

从哪泄露的信息

“丁零零……”前厅陈经理一看是常住客张先生的号码，拿起电话正准备问好，张先生劈头盖脸地骂起来：“你们饭店怎么回事，怎么能把我的信息泄露出去呢?”“张先生，您先消消气，我们员工不会随意泄露客人信息，您能说说具体情况吗?”此时张先生情绪有点激动：“怎么不是你们，就连我几点入住几点退房，同行人的房号都一清二楚，不是你们还有谁这么了解。”“不好意思张先生，我先了解情况再回复您，好吗?”

随后，陈经理询问了前台所有员工近期是否有人接到询问张先生入住信息的电话，有两人表示接到过电话，但是并未告知其客人入住信息。陈经理为了保险起见又查看了监控与监听，确定工作人员未告知来电者有关张先生的信息。陈经理致电张先生告知结果，也让张先生再想想是否会由其他渠道泄露出去。张先生表示会通过自己的微信朋友圈查找原因，并对陈经理的帮助表示感谢。

◎分析与应对

饭店客人入住信息除公安机关外前台人员不得向任何人透露，服务人员有责任和义务为住店客人做好保密工作。有些人会以公司财务查账的方式来询问客人的入住信息，接到这样的电话我们要警惕，凡是涉及客人信息的一律做好保密工作。

关于信息保密工作，应注意以下几点：（1）前台员工要做好入住客人信息保密工作，除公安机关外，不得向其他人透露；（2）对客人要求信息保密的房间做好重点交班，做到班班知晓、人人知晓；（3）前台员工在连续接到询问同一个人信息的电话时，要向上级领导反映，并做好保密工作。

忘带的土特产

“您好，姚导，我是天都国际饭店的礼宾督导小叶，实在抱歉，您昨天寄存的土特产我们忘记同行李一起装车，还留在我们饭店。您刚离开不久，我们以最快的速度给您送过去，您看可以吗？”此时，姚导才意识到，昨晚另外寄存的两箱土特产没有与今天的团队行李一起装车。

5月份是黄山旅游的旺季，也是饭店的旺季，早上有9个团队取行李，从取行李到装车只有一个半小时的时间。为保证团队正常出行，所有礼宾人员加班加点“战高峰保质量”。上午8:00左右，最后一个团队行李装车完毕，大巴车按时离开了饭店。礼宾员小焦整理礼宾房物品时，发现还有两箱土特产，翻开寄存牌，发现正是刚离开不久的团队的。小焦不敢怠慢，意识到应该是刚刚忘记装车了，于是马上将信息反馈给当班督导。当班督导立即与姚导沟通。15分钟后，姚导的团队车驶入饭店，礼宾人员快速将土特产装车，同时向姚导再次表示歉意并取得了谅解。

◎分析与应对

行李服务是饭店向客人提供的一项重要服务内容。行李服务没有复杂的操作程序，但礼宾必须准确无误地将行李寄存或提取装车，秉持认真、细心、负责的工作态度。该故事反映出交接工作未做好。行李与物品装车后，礼宾应及时与导游核实件数。行李寄存或提取一旦出现差错，会给客人利益和饭店声誉带来不良影响。

行李服务应注意以下几点：(1) 查清团队离店时间，查看交班，如有特殊情况要做特殊安排；(2) 仔细对照房号收取行李，不同团队分别收取、摆放；(3) 行李按规定请团队负责人确认、签字并装车；(4) 记录存档。

很高兴为您服务

大年初一中午，入住B1507房的外宾Mr Hsoneh焦急地来到前台求助，他因自己手机欠费，无法联系到在中国的朋友，希望前台帮他联系。前台小鲍了解客人难处后安抚客人，心想："首先我要帮Mr Hsoneh手机充上话费，然后Mr Hsoneh就可以与他的朋友联系了。"随后小鲍快速地给Mr Hsoneh的手机充了话费，Mr Hsoneh联系上了他国内的朋友。

与朋友沟通几句后，Mr Hsoneh将电话交给了小鲍接听。Mr Hsoneh朋友告诉小鲍，Mr Hsoneh的银行卡在中国无法取现金，想请小鲍帮忙。小鲍验证了Mr Hsoneh与他朋友的身份并互加微信，Mr Hsoneh的朋友通过微信转账将钱转给小鲍，小鲍立即到银行取出现金，亲手递交给Mr Hsoneh。Mr Hsoneh非常感动，连声说："Thank you!"

◎分析与应对

服务是饭店的灵魂和精华，饭店员工首先应站在客人的立场上看问题，从理解客人、尽量让客人满意的角度来解决问题，同时要做到服务规范。该故事中小鲍为在异国他乡的外宾提供了周到的服务，值得肯定和提倡。尤其是在语言沟通不畅的情况下，我们的服务更要细致，努力让客人有一种宾至如归的感觉。

服务宾客，我们应该做到：(1) 耐心倾听，了解客人的需求；(2) 真诚地为客人解决问题并为之提供"满意+惊喜"式的服务；(3) 外宾在店期间多加关注。

真挚的祝福，暖心的服务

5月20日上午，前台与往常一样忙碌。这时，迎面走来两位女士。"女士，您好，请问是办理入住吗?""是的。"小鲍根据她们提供的订单信息，很快为客人办理了入住手续。在登记时她发现今天是其中一位女士的生日，小鲍立即向客人送了生日祝福。待客人入住后，小鲍又立即向大堂经理反馈，大堂经理与楼层督导带着爱心水果和小点心来到了客人房间，为客人呈上祝福并附上大堂经理名片，告知入住期间若有什么需要可随时联系。

晚间，大堂经理小倪电话回访客人，交谈中客人询问当地的城市景观和风土人情。从饭店到屯溪老街，从村落到地方风味，小倪无不一一细说；同时了解到她的同伴胃疼，小倪便让茶吧给客人送一杯红茶暖胃。次日客人在退房时买了小礼物要送给前台的员工表示感谢，前台婉言谢绝，表示这些都是我们应该做的。

◎分析与应对

饭店个性化服务的提供，需要工作人员关注每位客人，从细微处发现客人的需求信息，真心对待每位客人，让客人体会到家的温暖。本故事中生日送祝福、介绍风土人情、给胃疼客人送红茶等，均反映了在岗员工责任心强，工作认真细致，善于捕获客人的相关信息。

提供个性化服务应注意以下几点：(1) 了解客人信息，建立完善的客史档案；(2) 根据相关信息，为客人提供意外的惊喜服务；(3) 熟练掌握相关知识，积累丰富经验，及时为客人服务。

扭伤的右脚

5月31日下午，前台督导小鲍见一女士坐在休息区将右脚架在椅子上，准备劝阻时发现客人脚部受伤，于是立即询问了客人的情况。之后了解到该客人已经入住，因在外游玩时不小心扭伤了右脚。小鲍立即安慰客人并请茶吧准备了冰袋送至客人手上，客人将冰袋敷在脚上，紧锁的双眉慢慢舒展开来。

细心的小鲍及时将信息反馈给前厅经理与大堂经理，前厅经理带队慰问了受伤客人，考虑客人行动不方便，询问其次日早餐是否需要打包送至房间，并提醒房务部配备一把椅子放在淋浴间方便客人坐着洗浴；大堂经理呈上名片，并表示若有任何需要可随时联系。次日退房，大堂经理再次询问客人右脚伤情是否有好转，客人表示感谢，并且在房间留下了感谢信，对饭店的服务表示非常满意。

◎分析与应对

饭店员工应细心观察，从细微处发现客人的需求，为客人提供服务。本故事中小鲍发现客人异常后及时了解情况，像对待亲人般对待客人，让客人感受到家的温暖，同时及时向上级汇报，体现出用心的服务态度。

前厅部工作人员应注意：(1) 关注大堂环境，洞察客人需求；(2) 为客人解决问题并提供满意服务；(3) 及时汇报并反馈相关信息，做好记录。

没有钟点房

“何女士，饭店15:00之后是没有钟点房的。”何女士皱着眉头不解地对前台小汪说：“可我只是想洗个澡，不到一个小时，就要收我一天的房费也太不合理了！”

此时大堂经理小吴上前询问了情况，何女士说道："家里停水了，炎炎夏日想订个房间洗澡，可是你们偏要收我348元一天的房费，这太不合理了吧？更何况我还经常来你们饭店呢。"小吴将客人引到茶吧，一边让服务员倒茶，一边说道："何女士，抱歉，饭店给客人打折是有权限的。您经常入住我们饭店，可以考虑注册我们饭店微信会员，享受会员优惠价，第一次入住还有积分赠送。"何女士听后满意地点点头，注册成为饭店微信会员，很快便订好了房间。

◎分析与应对

竭尽所能满足客人的需求，灵活做出应对方案。此故事中小吴的服务体现了其站在客人的角度去处理客人的问题，根据客人需求及实际情况，在权限范围内为客人提供便捷，使客人感觉物有所值，从而赢得肯定。

综上，我们应该做到以下几点：(1) 了解客人需求和入住时间，根据客人需求推荐相应产品；(2) 权限范围内的问题及时处理，超出权限的及时汇报并反馈；(3) 多次入住的客人可以推荐其注册饭店微信会员，将其发展成饭店常住客。

为客人着想

"一天的奔波，一天的寻找，一天的惴惴不安。感谢黄山天都国际饭店让我们懂得了什么是宾至如归，知道什么是将方便留给别人，把困难留给自己，对你们说一声谢谢了……”一封来自西安客人的感谢信，诠释了企业以人为本的经营理念。

大年初一20:00左右，来自西安的一家三口正在前台办理入住手续时，宝宝很不开心，父母一个劲地安慰着：“儿子，我们已经去了几家店了，都是关门的，没有蛋糕……”值班副总无意中听见后，便询问具体情况。原来今天是小朋友的生日，小朋友一直嚷嚷着要买生日蛋糕，可寻了几家蛋糕店都是关门的。小朋友不开心的表情和失望的眼神一直挂在脸上，值班副总热心地告知客人会帮其联系，让孩子过上一个开心的生日。全城搜寻蛋糕的行动立即开始，打电话至超港等西饼屋询问，均被告知大年初一放假。于是，值班副总亲自穿梭在大街小巷，终于找到了一家西饼屋，定制了一个精美的蛋糕，写上孩子的名字，衷心祝福孩子生日快乐。小朋友见到蛋糕时，开心地跳了起来；他的家人更是万分感激，表示孩子在黄山过了一个感动的生日和难忘的春节。

◎分析与应对

好的服务本身就是产品。此故事体现出细微服务见真情，客人需要什么，无一不通过不经意的言谈传递给我们，我们应抱着为客人着想的心，迅速察觉客人所想所需，设身处地为客人提供贴心服务。为客人着想是“宾至如归，顾客至上”的基础。

因此，我们应该：(1) 善于捕捉客人的信息，了解客人需求；(2) 竭尽所能为客人服务，做好服务延伸。

细节之美，美在真诚

“您好，麻烦给我订一间标间，明天是我跟我妻子结婚四周年纪念日。”10月2日晚间，营销部小孙接到本地胡先生的电话，得知客人为了庆祝结婚四周年，特地预订一间房，想给妻子一个惊喜。小孙将信息反馈给部门领导，之后部门制定具体方案，与相关部门精心部署。10月3日晚间，胡先生携妻子进店，前台快速为他们办理入住手续，大堂经理将他们引至房间，胡先生与其夫人眼前豁然一亮，大堂经理立即送上祝福。原标间升级为大床房，彩虹色的床品温馨浪漫，床尾处用面巾折出的天鹅吉祥物活灵活现，象征着幸福和谐。床头柜上摆放着精心准备的果盘，茶几上的鲜花散发阵阵幽香，心愿卡上寥寥数语却表达着天都人的真挚祝福。胡太太分外感动，连连称赞。

◎分析与应对

服务是饭店产品的重要组成部分。越是细节性的服务，越要格外注意。服务最重要的是要在点点滴滴中传递真诚，细节影响客人对整体服务的评价。优质服务不是一成不变的，它是一个动态变化、因人而异的过程，并且最终由客人决定是否满意。

综上，我们应该做到以下几点：(1) 加强客户信息收集，做好个性化服务；(2) 遇客户特殊节日，制定相应的特色服务方案；(3) 各部门共同完成服务工作。

这笔钱我不出

某日17:00左右，某单位张先生来到前台收银处，前台小鲍热情地说："先生，您好，有什么可以帮您吗?""来结账，一晚房费，以××单位名义，通过你们营销经理小吴订的。"

"好的，请稍等，客人房号A0816，目前还没到前台退房。"张先生疑惑了："不会呀，客人13:00还给我打电话，说离开黄山了，怎么可能没退房呢!"小鲍再次查询订单："中午12:00我们已经催退过，房间没人但是有行李箱。"小鲍请客房服务员上房再次查房，发现房间的行李不见了，房卡却留在房间里。

按照饭店规定，退房时间是中午12:00，特殊情况可以免费延至14:00，超过14:00退房需加收半天房费。此时张先生不乐意了："我只同意住一天，延迟退房你们需要征求我的意见，多的半天费用我不支付。另外，到时间没退房，你们应该联系我或者客人，不应该出现这样的情况。"前台小鲍请示大堂经理，考虑到张先生所在单位是饭店的协议单位，请示后免去了半天房费。

◎分析与应对

饭店员工应在维护饭店利益的前提下灵活处理预退房事件，如客人因故要求延迟退房时间且要求免收租，可根据实际情况和具体退房时间给予考虑。延迟退房时间、免收日租需经大堂经理同意。本故事中，该房间属于当日预退房，查房时发现行李应及时联系预订人或者入住客人确认是否延迟退房，以免产生不必要的麻烦。

遇类似情况应注意：(1) 加强预退房工作的培训；(2) 对于特殊房间，工作人员应第一时间联系预订人；(3) 结账中出现的特殊问题，第一时间汇报，及时处理。

订单查到了

傍晚时分，饭店大堂内人头攒动，正是客人进店拿房的高峰期。此时两位男士有说有笑地走到前台，对正在忙碌的接待员小张说："帮我拿一下房。"小张停下手中的工作，礼貌地问道："请问您有预订吗？是哪家单位预订的？"其中一位年轻的男士说："××单位订的。"小张一查，预订系统中没有此单位的预订，于是对客人说："抱歉，没有查到××单位的订单。""没有？那我现在重新订一下。""对不起，今天房间已经满了，您预订需通过我们营销部进行预订。"此时年长的男士有些恼火了，大声指责道："我明明找你们营销经理订过的，你怎么说没有呢？"

小张与营销经理联系后，才发现订单是以这位年长男士的名字进行预订的，而客人报的是单位的名称，结果导致前台查不到订单。

◎分析与应对

现代饭店市场竞争非常激烈，对于客人来说，有着自己的选择标准。作为饭店人，服务好每位客人是我们的职责，饭店员工首先应站在客人的立场上看问题，理解客人，想办法帮助客人，尽量从客人满意的角度来解决问题。

遇类似情况应注意：(1) 首先向客人表示歉意，主动帮助客人联系营销部；(2) 营销部应准确告知客人拿房信息，确保无误；(3) 若无预订，应想办法帮助客人。

主动沟通，规范用语

饭店里让客人等待的现象似乎处处可见，比如，客人在前台等待登记入住或结账离店、等电梯等。前台接待员往往关注于他们面前的工作——记录客人资料及制作房卡，却忽略了与客人之间的交流。客人来到饭店，服务人员应主动与客人交流，先开口与客人打招呼。很多时候，接待员登记入住时说“你预订了吗”，而没有说“请问您贵姓，您有预订吗”；帮助客人解决问题时说“是需要两条毛巾吗”，而没有说“先生，我们会马上把毛巾送到您的房间，感谢您的来电”；等等。与客人沟通不主动，用语不规范，客人反映的问题虽然解决了，但并没有很好地解决，或是这个问题解决了，却又引发了另一个问题。主动、规范的沟通语言，是提高饭店服务质量的重要途径。

◎分析与应对

沟通缺失或沟通不当，是影响饭店服务质量的重要因素。我们要给客人以亲切感，必须“善解人意”，满足客人的心理需求，提供“心理服务”，同时应想方设法缩短客人等待的时间，将工作由被动转为主动，优化工作流程，规范操作，提升效率，提高饭店管理与服务整体质量。

综上，我们应该做到以下几点：(1) 各岗员工加强培训；(2) 优化工作流程，规范操作；(3) 主动、高效、准确地为客人提供服务。

客人——饭店的老师

在互联网高速发展的今天，饭店点评网站拥有较强的活跃度，客人入住感受在网络上公开和快速传播，直接影响到其他客人的选择。因此，服务质量的好坏直接决定着饭店的客户市场。几年前的9月22日，某网络公司直接点评了饭店从硬件设备到软件服务上的种种缺陷、短板和瑕疵，“服务态度和服务意识落后，服务知识匮乏，卫生细节脏乱”等网络点评直戳要害。服务质量是饭店的生命，是饭店赖以生存的基石，这不是一句空话，而是极为现实、极为严峻的事实。品质营销是饭店最有力的营销，离开品质，一切营销活动都是白费力。为着力解决品质方面存在的突出问题，饭店正视现状，立足品质，面向发展，开展“向品质要效益谋发展百日服务质量提升活动”，坚持“以客为尊，质量至上”。

◎分析与应对

饭店要坚持把客人的需求作为“指挥棒”。若服务中意识不强、态度不佳、技能不专，则会使饭店产品的价值大打折扣。服务质量是饭店生存和发展的根本，需加强细节管理，树立品质观念。

综上，我们应该注意以下几点：(1) 加强品质意识观，从点滴做起；(2) 管理人员加强日常工作督导与检查，提升员工服务意识；(3) 针对问题，各部门要高度重视，整改到位。

会说话的墙

金秋十月，是桂花飘香的季节，饭店迎来了台湾团队的黄金季。傍晚时分，三五成群的台湾客人欣赏着大堂内的“无声语言”，微仰环视，墙上悬挂着多幅艺术剪纸，或书或画，或景或影，灵动鲜活，栩栩如生。“任他五岳归来客，一见天都也叫奇”，最后一个字是什么字？他们在开心地交流着。

大堂经理小姚恰巧经过，解说道：“最后一个字是“奇”字……”小姚见客人兴致很高，于是又介绍了“徽州故事”文化主题酒店的由来，并请客人移步至“天都精神”书法作品前开始逐一讲解，客人听后无不竖起大拇指赞叹。徽州文化已然成为黄山天都国际饭店向前发展的一股新的推动力。

◎分析与应对

饭店走差异化道路，着力打造“徽州故事”文化主题酒店，于大堂、安全通道、客房区域开辟文化宣传专栏，让“每一堵墙”都成为知识的载体，丰富宾客体验，推动文化交流。本故事中，饭店通过不断改善的大堂环境，利用现有的资源，把大堂布置得有特色、有文化，以期提高员工、宾客对饭店文化的认同感，让客人把饭店当成自己的心灵之“家”。

我们应做到：(1) 深入学习徽州文化和饭店的企业文化，主动热情为宾客讲解；(2) 加大与宾客的互动交流，积极传播徽州文化。

FANG WU BU

房务部

热情　周到

勤勉　细心

美金找到了

5月6日20:00左右，大堂经理接到某旅行社导游的电话，称5日晚住在C0503房间的客人把60美元忘在了电视柜上，希望饭店帮忙查找。大堂经理听后，致电房务部朱经理调查此事。朱经理立即询问当日清扫此房的王大姐，王大姐回忆说，在打扫卫生时，她发现书桌旁的垃圾筒内有两张类似钱币的纸张，因为没见过10美元和50美元纸币，就随手将其放在工作车的角落处，下班匆忙，忘记了此事。朱经理立即与楼层督导赶到工作间，在工作车上发现了两张卷在一起的纸币，正是客人遗失的60美元。随后，朱经理将钱送至大堂经理处，请其转交给客人，并向客人表示歉意。

◎分析与应对

“细微之处见真章”。细节是基石、是根本，诸如垃圾清理这样的事也需要认真按标准作业程序操作。此故事中服务员发现“类似钱币的纸张”未及时上报，给饭店和个人都带来了负面影响。

服务员在清扫客房时，若发现客人有遗落物品应做如下处理：(1) 文件类物品，应该装袋标记并交班，存放在工作间，直至客人退房一段时间后再妥善处理，以防客人回头寻找。(2) 钱币类贵重物品，若是续住房，则应捡起，写上温馨提示卡，与拾获的物品一并放在书桌的显眼位置，做好记录；若是走客房，则应及时上报服务中心联系客人，绝不能丢弃，更不允许私拿；(3) 若不知道是纸币还是“类似钱币的纸张”，也应及时上报、甄别，妥善处理。

从虚惊一场到破涕为笑

“呜呜呜，我要找爷爷……”楼层服务员小毕在D座10层过道中发现一名小男孩在哭泣。原来，小男孩找不到爷爷了，不知怎么就坐着电梯来到了10层，着急地哭了起来。楼层督导和大堂经理闻讯赶来，耐心安抚，仔细询问情况，然而，小男孩年仅四岁，说不清楚家人的具体情况。于是，大堂经理一边安抚小男孩，一边联系监控，查看小男孩的进店路线，经过细心查找，初步判断可能是参加婚宴客人的孩子。

大堂经理牵着孩子来到婚宴场地，正逢孩子的家人到处着急寻找。原来，孩子顽皮，趁着大人不注意自己跑出去乘电梯玩，跟随10层的客人出了电梯后又找不到回去的路。孩子的爷爷紧紧握住工作人员的双手，连声道谢。

看着孩子抱着爷爷破涕为笑，饭店工作人员也开心地笑了，并为孩子讲解了找不到家人时的注意事项和安全措施。饭店热情周到的服务受到了客人的一致认可，他们表示今后将介绍更多的客人入住天都国际饭店。

◎分析与应对

天都国际饭店致力于“口碑营销”，用规范和责任感动客人，让每一位客人满意而去。同时，客人们对饭店细心周到的服务津津乐道，主动传播，形成好的口碑，吸引更多的客人。

服务人员要加强楼层巡视，遇类似情况应按如下步骤处理：(1) 耐心安抚小朋友，了解相关信息；(2) 若一时无法确认，则应及时联系管理人员，做好相关路线查找；(3) 信息核对正确后，第一时间联系小朋友家人，叮嘱照看好小朋友。

系列团取消订单的背后

7月11日傍晚，营销部刘经理拿起电话，还没来得及说话，话筒里就传来气愤的声音：“小刘，我的一批印尼系列团投诉你们饭店的房间卫生不达标，后面的行程全部取消。”小刘带着歉意向徐总了解情况，徐总说：“6月29日入住的印尼系列团，其中有间房的床单上发现未洗净的污渍，客人拍下照片，投诉卫生不达标，印尼的组团社明确要求调换饭店，希望你们给予合理解释，我们要反馈给组团社。”

刘经理很郁闷，300人的印尼系列团，因为卫生质量问题取消了后期所有的预订，将给饭店造成了较大的经济损失和不良影响。刘经理将投诉报告给分管领导和房务部，房务部迅速成立调查小组，分管领导则与刘经理一起上门致歉，希望能尽量挽回损失；房务部组织楼层班组召开服务及卫生质量分析会，明确查房标准与卫生清扫要求，床上用品从洗衣房水洗到熨烫出品再到房间要严格把关，从而提升楼层卫生清扫品质。根据此次投诉，相关领导对当事清扫员、查房督导、分管经理进行批评教育，并在绩效考核中予以相应处罚。

◎分析与应对

为客人提供干净舒适的入住环境，满足客人基本需求是服务的初级阶段。此故事中，饭店最基本的服务都未能达到标准，说明各岗人员缺乏工作责任心，工作标准不高，规范要求不严，严重影响饭店形象。

因此，管理人员应针对问题查找原因，面对问题积极应对；各岗人员应尽职尽责，熟悉操作流程。另外，以此为反面案例，运用到培训教学中，防微杜渐。

带有血渍的浴衣

8月10日上午8:00左右，B1602房间的王女士拖着行李，一脸怨气来到前台退房："昨晚打算使用浴衣时，发现有一处血渍，感觉很不好。我是因朋友推荐选择了你们饭店，但是我的选择是错的，入住体验非常糟糕。"

大堂经理小吴立即向王女士致歉，并马上将此事反馈给房务部经理。房务部经理立即赶往B1602房间，查看浴衣上的血渍情况，根据经验判断，应该是比较陈旧的血渍。

王女士因赶时间，未深究此事，但希望饭店加强细节检查和管理。大堂经理小吴对王女士提出的批评意见表示感谢，并代表饭店赠送王女士一份小礼品以示歉意，希望王女士能给予下次服务的机会。

事后房务部快速查找原因：当日王大姐打扫该房时，发现浴衣完好挂在衣柜内，因此未检查和更换浴衣；同时查房督导未仔细检查，就将房态改成干净房，给客人带来不好的入住体验，给饭店造成了不良的影响。

◎分析与应对

饭店质量管理方针是用规范和责任成就质量，用质量成就品质，赢得市场；“100-1=0”是饭店业普遍认可的服务原则，饭店不仅要提供干净舒适的房间，还要提供用心和个性化的服务。故事反映出饭店基础管理不到位，使饭店的整体服务质量受到影响。

综上，我们应该做到以下几点：(1) 耐心听取客人投诉，表达歉意；(2) 快速根据痕迹做出判断，查清原因；(3) 加强工作责任心培训，同时设计制作浴衣封条，严格执行一客一换；(4) 重申标准作业程序操作流程，运用到培训教学中。

忽视安全险酿大祸

7月的一天，室外烈日炎炎，气温已经达到40℃，楼层过道里也是异常闷热。

中午时分，房务部叶经理接到技术安全部李经理的电话："监控中心火灾自动报警系统显示B座10层报警，监控显示B1016房间门口清扫员小汪不知将什么烧着了，现无明火，但烟雾很大，安保督导已前往现场紧急处理，希望房务部尽快查明具体原因。"

叶经理立即赶往B座10层了解情况。原来，小汪要取下卡在工作车上的大垃圾袋，去工作间取剪刀又怕耽误时间，于是就自作聪明地擦根火柴将大垃圾袋口烧断，在没有确定火柴是否熄灭的情况下就将其扔进了垃圾袋，然后返回房间拖地去了。大约过了2分钟，闻到了一阵烧焦的味道，小汪走出房间一看，发现是未灭的火柴烧破了垃圾袋，又引燃了周边的布草袋。所幸火势很小，小汪用两瓶矿泉水及时将火浇灭了。

◎分析与应对

饭店每位员工都应树立安全意识。安全是一切的基础，严格执行安全责任制，严格落实"三严三实"（制度严、培训严、执行监管严，态度实、作风实、举措实）；员工要熟练掌握火灾处理能力，掌握初起火灾的扑救方法。本故事中，员工在客房区域使用明火，严重违规。

工作人员要注意以下几点：(1) 严格遵守规定，禁止在客房区域使用明火；(2) 一旦发现初起火灾，使用就近的灭火器灭火，以免火势扩大，在扑救火情时要注意人身安全；(3) 严禁私用饭店一次性易耗品等物资。

客衣破损引发的思考

一天，饭店的常住客王总将一包衣服送至洗衣房，见到客衣工程大姐便招呼说："程大姐，我今天衣服比较多，有西服、衬衫等，帮我填一张洗衣单。"程大姐快速地清点了件数，填好了单子，并告知王总取衣服时间。

程大姐将王总的衣服进行分类，干洗的衣服洗好准备熨烫时，发现西装的后面多了好几处破损，大脑顿时一片空白，拿上西服快速向洗衣房当班督导汇报了此事，但因紧张慌乱她已无法确认西装收取前是否检查到位。洗衣房督导急忙检查同一批次清洗好的衣物，唯独这一件是破损的，再检查干洗机的纽扣收集器，也没有发现异常的硬物。于是，洗衣房督导马上向房务部叶经理汇报了此事。叶经理拿着衣服，通过面料、品牌等估算，其价格应该在一万元左右，虽然不是新的，但是破损的位置不好缝补，深知此事的严重性，于是立即汇报分管领导。

事后相关人员与王总积极沟通，对员工因工作责任心不足和操作失误造成衣服破损表示歉意，愿意购买面料、颜色等差不多，价格在3000元左右的西装作为弥补，并将损坏的衣服修补好归还。王总表示接受，事件平息。

在这件事情中，洗衣房员工未按标准作业程序操作，事先未认真检查，饭店有不可推卸的责任；应加强对工作人员的培训，并将规范标准贯彻落实在具体工作中。

◎分析与应对

细致是客衣工必备的品质，包括细致的检查、核对和洗涤。凡属由饭店方面原因引起的客衣问题，饭店应主动承担责任，及时修补、赔偿等。若需赔偿，则赔偿费最高一般不超过洗衣费的10倍，遇特殊情况需具体分析处理。就本故事而言，由于客人是常住客，为稳定客源，饭店考虑购买一件西装作为弥补是完全可以理解的；同时应耐心向客人解释，做到友好协商，事实清楚，原因明确，处理得当，让客人满意。

收洗客衣要注意：(1) 在收取客衣时，必须核对衣服的件数，检查口袋内是否有遗留物，纽扣有无脱落等细节；(2) 按规定的流程分色、分脏污程度进行洗涤，同时关注洗涤的整个过程，发现异常及时停机；(3) 洗烫结束发现破损，及时向领导汇报；(4) 积极与客人沟通，取得客人的谅解，找出最佳的处理办法。

敲错房门惊醒“美梦”

5月的一天清晨，楼层服务员小邓正在打扫卫生时，接到服务中心电话“邓大姐，D座5层××团队退房，请查房”，便急急忙忙地去查房。因为房间数较多，邓大姐没有根据分房表核对清楚该团队房号，仅凭着记忆一间间敲门查房。当她来到D0534房敲了一下门后，猛然想起D0534房不是该团队的房间，于是她没有等，就急忙走开了。

客人被敲门声惊醒，好好的美梦被打搅：“谁呀，怎么没人呀，恶作剧吗?”客人心里冒起了怒火，非常气愤，立刻打电话到服务中心投诉……

◎分析与应对

客房是客人在饭店的家，工作人员要尊重客人的私人空间。同时，敲门标准是客房服务员应掌握的最基本技能，如敲错门应及时致歉，尽量消除客人的不快。只有严格按照敲门程序执行，才可能避免客人不必要的投诉。

敲门规范及注意事项：(1) 认真核实清楚需要查房的房号；(2) 严格按敲门标准规范操作，共敲三次，每次敲三下，每次之间停顿3至5秒，边敲门边报明自己的身份，千万不能边敲门边开门；(3) 敲错门时，应立即向客人致歉，并向部门领导汇报。

生锈的垃圾筒

5月的一天下午，C0518房李先生致电大堂经理："我从黄山游玩回来，已经很疲惫了，刚准备使用洗手间时，不小心碰到垃圾筒，发现垃圾筒底下的地面上有一圈圈黄褐色的锈渍，看着让人感觉很脏，没办法休息。"

大堂经理立即向客人致歉，并表示可以帮其就近换一间房，因为锈渍要经过特殊除渍清理，需要时间。李先生同意换房。于是，大堂经理与礼宾一起来到李先生房间协助其换房，并准备了一份果盘再次表达了歉意。

◎分析与应对

细节决定成败，关注细节才能留住客人，个性化、亲情化服务是立足在日常工作基础上的，用心服务才能赢得市场。

房务部应制订客房除锈渍计划卫生。另外，服务员整理房间时要关注卫生间地面，注意擦拭污渍，并将其纳入日常清扫工作范畴。

表里不一

一天，楼层督导们正在开早会时，分管领导突然到访……

分管领导向大家展示了一组B0712房间床底的照片，床底有拖鞋、瓶盖，以及厚厚的一层灰，可谓触目惊心，与房间内陈设有序、桌面洁净有着极大的反差。

原来，B0712房间客人是通过饭店李总订的房，由于单间全满只好订了标间。客人想将两张床拼在一起，就在移开床的时候，发现床底一片狼藉……

◎分析与应对

B座客房是饭店入住率最高的，房内布置简洁，地面铺设有环保地板，房务部应更加注重日常的维护，但事实表明客房清洁服务员并没有认真执行客房计划卫生。

因此，我们应该注意以下几点：(1）房务部应根据每栋入住率制订合理的定期计划卫生；(2）环保地板比较光滑，应采用专用地板拖；(3）服务员每日做卫生时应对床底的地板进行清洁，确保没有垃圾；(4）客房卫生不能只靠服务员的自觉性，管理者要高度重视，落实逐级检查制度。

误报的客赔

“不好意思，给您带来了不便，我感到非常抱歉，您反映的问题我会调查处理，尽快给您一个满意的回复。”电话这头，只听见朱经理一个劲儿地向客人道歉，到底发生了什么？

7月22日的黄昏，D1134房客人来到前台退房，当楼层服务员告知查房完成时，服务中心的小汪追问，该房租借的2个充电器是否在房间内？楼层服务员说并不知道此房有租借，交班本上也没有注明。小汪急切地联系前台，可是客人已经离店。于是，小汪请前台帮忙联系客人追要充电器。客人很生气，并打电话到饭店投诉，所以出现了开头的一幕。

经过调查发现，前一日客人就已归还充电器，早班服务员收到充电器后放到了工作间，但没有交班，也没有上报给服务中心。了解情况后，朱经理立刻给客人打去电话表达了真诚的歉意，并获得了客人的谅解。

◎分析与应对

向客人提供所需的各种常用设备是饭店的一项服务内容。通常房务部负责储备、租借及收回客人借用的物品。本故事中，饭店需完善对客租借和归还物品的流程，同时严格要求服务员按规范标准操作，注明客人的房号、租借的物品，以及租借物品和归还物品的时间；应定期检查各项出借物品，员工之间做好交班，保证物品处于完好状态且可以安全使用。

对客租借应注意以下几点：(1) 当班服务员接班前应认真阅读交班本；(2) 当服务员收到客人归还的租借物品时，应及时报服务中心并做交接班，做好租借物品的归还交接；(3) 如有客人退房且有租借，服务中心应提醒查房服务员关注。

饭店管理系统要常维护

8月2日14:30左右，服务员小程按照惯例敲开了预退的母婴房A0208，发现房间里空无一人，也没有行李。“哎呀，怎么会弄成这样子……”床上一只破损的小狗公仔，脖子上狰狞的“伤口”和不翼而飞的一只耳朵，让它失去了原本的憨态。

“难道这间房已经退房了?”小程自言自语道，并马上电话联系服务中心的小汪。小汪查看了饭店管理系统记录，没有显示查房信息，她立即联系前台，得知早晨8：00左右客人已退房，因是网络订单，所以按网络免查房程序办理的退房，且在饭店管理系统中已提交查房，可为什么服务中心没有接收到信息呢?小汪联系系统管理员，最后查出饭店管理系统中此房未开通查房共享权限，造成信息无法共享。经过管理员的处理，共享权限恢复正常，那只破损的小狗公仔也在洗衣房大姐的巧手下，恢复了它最初的可爱模样。

◎分析与应对

饭店行业竞争日趋激烈，饭店走差异化发展之路，开辟部分特色房，突出特有的风格，供客人选择。故事中A0208房间作为饭店的特色房型——母婴房，配备了对应的个性化物品，查房时除了认真查找客人是否有物品遗留，同时要查看有无物品的损坏或减少等，尽可能挽回损失，降低经营费用。本故事中问题出现的主要原因是饭店管理系统问题，致使信息共享不及时。

综上，我们应该注意：(1) 完善特色房型查房制度，做好饭店管理系统定期维护；(2) 服务员清理房间时，发现房态异常或物品少损，应及时上报；(3) 因设备问题导致信息无法传递，应查找原因，做好记录，以防同类事情发生。

漏洗的客人衣服

盛夏的一天晚上，D0524房间的李先生电话至服务中心投诉："你们怎么打扫房间卫生的，我有一包衣服需要清洗，难道看不见吗？现在我没衣服换了，怎么办？"李先生很恼火，小王听后立即向李先生致歉，并表示马上向当班的督导汇报，给予妥善解决。

高督导听闻此事，一刻也不敢耽误，立即赶往客人房间。此房有两位男士入住，衣服摆放在不同位置，早班当班的服务员正好遇到此房的另外一位男士，被告知有衣服需洗涤，于是取走了放在行李架上的一包衣服，却遗漏了另一包衣服。高督导一边向客人诚恳道歉，一边征求客人意见，协商能否在当晚加急清洗一套衣服以备更换，其他的次日清洗后再送还？客人表示接受。

此时洗衣房客衣工早已下班，高督导根据衣服的成分，帮李先生手洗了一件T恤和一条裤子，并及时烘干，一个半小时后送至李先生房间，李先生对此表示满意。

◎分析与应对

在竞争激烈的服务行业中，饭店要倡导提供优质服务、规范服务、精细服务、个性服务。在收取客衣时，一定要问清楚和查看清楚，并及时送洗。本故事中服务员工作缺乏细心，造成客人不满，因此必须加强服务员的责任心和规范操作培训，以避免此类问题再次出现。

遇类似情况应注意以下几点：(1) 认真倾听，向客人致歉，及时汇报；(2) 满足客人的合理需求，提出合理的解决方案；(3) 加强客衣处理操作流程培训，提高员工的服务意识和相互补位意识，想客人之所想，急客人之所急。

一枚钉子惹的祸

6月的一天清晨，服务中心的电话铃声急促地响起，B1419房间的客人张先生情绪激动地叙述着自己的遭遇："我打算去洗手间洗漱，突然被一枚钉子扎到脚底，扎得还挺深，脚底都出血了，叫你们领导过来。"服务中心小李耐心听完张先生的诉说，立即向张先生致歉，并请他不要激动，马上安排人员去帮他消毒包扎，张先生听后挂了电话。

服务中心小李立即将事情汇报至大堂经理和部门经理处，大堂经理与部门经理赶到房间后，向张先生表示歉意，用碘酒为张先生受伤的脚进行了消毒处理，并与张先生沟通后陪同其前往附近医院就医。

◎分析与应对

饭店发生服务质量问题和突发事件，各部门一定要高度重视，及时消除客人不满情绪。故事中反映出两点：一是从清扫员到督导都没有按标准认真做好空房检查，二是安全隐患未及时排查。

遇类似情况应注意以下几点：(1) 认真倾听，安抚客人，及时向上级领导汇报；(2) 为客人伤口进行消毒，了解事情经过，征询意见后陪同其到附近医院就医；(3) 加强设施设备检查，严格清扫流程。

针筒带来的恐慌

“哎呀……”楼层清扫员吴大姐在做房间清扫，抱起垃圾袋正准备离开时，突然感觉手被什么东西扎了一下，连忙放下垃圾袋查看手指，只见右手食指上有一个小小的伤口。她立刻查看垃圾袋侧面，只见一根闪着寒光的针筒，吴大姐的脸煞白，她马上打电话给当班督导。

“吴大姐，现在怎么样？”督导赶到现场关切地询问。呆立在工作车边的吴大姐拿着针筒，非常害怕。督导带着吴大姐来到了部门经理办公室，将针筒递给了朱经理。朱经理查看针筒后，一边安慰着惊魂未定的吴大姐，一边拿出碘酒涂抹在她的伤口上消毒。

当天，部门管理人员带着吴大姐和针筒去医院做了病毒筛查，确定没有异常情况，大家才放下心来。

◎分析与应对

把员工当家人，关爱员工，处处为员工着想，让员工感受到家的温暖。本故事中，虽然是服务员不按规范操作造成的问题，但当班督导和部门经理及时有效的言语安慰，以及妥善的检查安排，安定了她的心，给予了她家人般的温暖。

通过本故事，我们应该注意以下几点：(1) 清理垃圾时应该粗略检查一下垃圾筒内是否有尖锐的物品或房间配备的物品等；(2) 服务员拿垃圾袋时，应将袋口收紧，双手提着袋口行走；(3) 房务部需加强清扫流程培训，提高自我保护意识。

一心想着客人

繁忙的10月，充实的生活，房务部员工忙碌的一天结束了。16:30，房务部的大姐们说说笑笑地走向更衣室。“我的项链没了！”服务员朱大姐突然一脸着急地叫道。大家你一言我一语关切地问：是不是从岗位下班的路上丢了，或是……此时朱大姐突然想到，她上午在A1220房间铺床时，在床脚边捡到一团黄金饰物，当时想都没想，习惯性地迅速捡起放在客人的床头柜上，现在想起来……那一团黄金饰物不正是自己的金项链吗？

朱大姐家境并不富裕，一条项链对她来说算是很贵重的物品了，而且这条金项链对她来说还很有纪念意义。朱大姐立即向房务部经理汇报。经查，该房是某单位集体旅游订的，房间住着两位女士。于是，房务部经理带着朱大姐一同前往客人房间，礼貌地敲开房门。进门后，朱大姐一眼就瞧见了放在床头柜上的那条项链，他们向客人说明来意，并向客人表示歉意。客人被饭店员工的一心想着客人所感动，当着朱大姐的面打电话给同行的女士询问有没有项链遗失，确认无遗失后，将项链归还给了朱大姐，并对房务部经理说，以后到黄山还会选择天都国际饭店。

◎分析与应对

房务部按照带队伍、抓业务的工作要求，以“干净、和谐、务实、创新”为团队建设目标，坚持品质提升。本故事中，朱大姐“一心想着客人，唯能没有自己”的行为非常感人。

服务员应注意以下几点：(1) 在清扫客房卫生时，发现地上有遗留物品，应辨认清楚，准确判断物品的归属方；(2) 在工作单上做好记录，方便出现问题时查询；(3) 若发现自己的物品遗落在客房，应及时汇报上级，并与客人协调解决。

服务的意外变成有效培训机会

12月28日15:00，饭店管理人员按时在麒麟厅召开月度经营分析会议，为了检验和提高新员工的服务标准和规范，本场会议由会务班组小倪做会场服务。

参会人员陆续落座后，小倪依次奉上茶水。“不好意思，不好意思”，小倪的道歉声不断传来……小倪不小心将滚烫的茶水泼洒到了人事行政部叶主任身上。小倪一时不知所措，其他同事赶忙帮助叶主任脱掉外套，幸好是在冬季，衣服较厚并未造成身体伤害。原来，小倪来到叶主任身后正准备上茶时，叶主任恰好起身准备向领导递送资料，碰翻了小倪手中的托盘，造成此次意外。

会议临时终止，房务部经理召集会务班组全体员工作现场培训，详细讲解了服务规范、服务技巧，以及服务过程中出现意外如何应对等，让员工知其然，并知其所以然。

◎分析与应对

饭店作为服务行业，服务的对象是人，各部门各岗位都制定了服务流程，掌握操作规范是做好对客服务的前提，因此培训尤其重要。培训是一种有组织的知识传递、技能传递、标准传递、信息传递、信念传递的管理训诫行为。员工只有不断地学习才能提升工作技能。

小倪应诚恳地向叶主任道歉，关心询问是否烫伤，并及时准备干毛巾征求叶主任意见后将水擦干。会议上茶时，服务人员应站立于客人右侧后方，左手托盘时，应向后方打开肘部，避开客人坐的位置，并小声提醒客人；同时，在服务过程中要善于观察，避免危险动作。

被套一角引起的祸端

10月17日19:30左右，服务中心电话“丁零零”地响了起来。“Housekeeping，您好，服务中心。”“D1124，My arm hurts.”客人很痛苦地说出这几个单词。“Don't worry.We'll be right now.”服务员立即回答道。

服务中心小周向房务部当班周督导、值班经理和大堂经理汇报后，连忙带上医药箱赶往该房间。到达时，值班经理及大堂经理也到了该楼层。进入房间后，大家看到一位外国老太太手里抱着枕头，非常痛苦地蜷缩在床边，两位团友正在旁边安抚她。值班经理说明了来意，请客人不要紧张，马上联系救护车和全陪。原来，这位71岁的德国老太太经过床边时，因脚被垂下的被套角绊住而摔倒，左手臂着地受伤。

10分钟后，值班经理与全陪将客人送至医院。X光片显示，客人左上臂骨折，医生与全陪、客人沟通后，听取客人意见，采取简单的固定包扎处理，待客人回国后再进行治疗。

◎分析与应对

本故事中，饭店能够快速做出反应，准确采取补救措施，积极配合将受伤客人送当地医院治疗，抓住时机做好后续服务，这是值得肯定的。这是正规中式铺床引起的一场意外，为防止此类事件再次发生，应对中式铺床进行改良，将床尾部分的被套口全折叠进席梦思床垫下方，杜绝安全隐患！

通过本故事，我们应该注意以下几点：(1) 服务无小事，对客人的反馈及时应对，积极处理；(2) 消除房间内安全隐患，分析中式铺床的弊端，予以改进；(3) 给予客人关心，让客人感觉到饭店的“温度”，做好跟踪服务。

被遗忘的鞋子

“你们怎么搞的，前两天我住你们饭店，鞋子忘记拿了，你们告诉我找到了，怎么到现在还没寄到呢?”客人十分恼火。服务中心小项摸不着头脑：“对不起，我马上了解，您能将住店日期和房号告诉我吗?了解清楚后马上给您回电。”

原来这位是住在A0707房间的客人，不小心将鞋子遗忘在了饭店。清扫员吴大姐打扫房间时，的确在垃圾筒旁发现了一双鞋子，当时因为急着清理其他房间，就随手放至工作间，下班匆忙，忘记上交。第二天客人的确致电服务中心询问是否看到一双鞋子，服务中心查实后回复了客人，并请客人放心，饭店会将鞋子寄过去，请客人将地址发到工作人员手机上。直到下班，服务中心仍然未收到客人的信息，便将此事忘记了，也没做任何备忘录。

小项立即联系客人，告知客人原委，并请客人将地址发送至工作人员手机，承诺中午之前就会寄出。客人意识到是因为自己忘记了发送地址，表示抱歉，并对饭店的服务表示感谢。

◎分析与应对

饭店服务业有一个非常著名的公式“100-1=0”。由于饭店服务的不可存储性，决定了服务中的每一个细节都不能出错。任何一个细节失误，都会导致整个服务被否定，因此服务无小事。此故事中，事情发生的原因是客人“忘记了发送地址”，服务员也“将此事忘记了，也没做任何备忘录”。

客遗物品应按如下步骤处理：(1) 服务员发现客遗必须及时上交服务中心，服务中心要做好客遗登记；(2) 服务中心当班人员对特殊事件应及时处理和跟办，并做备忘录；(3) 物品寄出后，及时向客人反馈，并保持联系。

我的钱去哪了

7月的一天上午8:00左右，楼层督导小高按照惯例巡视各楼层。巡视至A座8层时，发现A0806房门大开，客人很着急地在房间内四处寻找着什么。小高轻轻地敲了敲门：“您好，需要帮忙吗?”客人见是工作人员，着急地说：“我准备退房，刚刚发现放在床单下的2000元现金不见了。”“您不要着急，都找过了吗？我们再一起找找好吗?”

小高了解到该房客人前一日入住，今日退房，没有同行的住客，房间并未进行打扫，那么，客人会不会记错了，钱会不会放在了席梦思床垫下面？小高征得客人同意后，与当班服务员和安保督导一起搬开了席梦思床垫，2000元现金果真在床垫下面，并未丢失，客人当场表达了感谢。

◎分析与应对

在饭店的日常工作中，各种各样的突发状况时有发生，工作人员应当想客人之所想，急客人之所急，用心提供最真诚的服务。

因此，我们不仅要主动热情地帮助和安慰客人，解决其燃眉之急，而且处理特殊事件时要有张有弛。

粗心大意要不得

11月初，天气略显阴沉，参加完排球比赛的李女士回到B0810房时，发现卡槽内的房卡不见了。“明明放在这的，怎么会没有了呢？是不是服务员收走了？”心里正在纳闷的李女士看到楼层督导小高走过，立马叫住了她，将房卡“失踪”的情况告知了小高。小高立即联系清扫该房间的服务员小方，小方回想了一遍，说未在这间房看到房卡，希望客人仔细回想一下是不是放在了其他地方。

20:00左右，大堂经理接到了B0810房李女士的投诉：“我房间的房卡在同行队友B0812房卡槽内找到了，隔壁入住的全是男士，之前我并未到其房间串门，希望饭店给我一个满意的答复。”大堂经理立即向李女士表达歉意，表示马上核查并给予答复。

经核查了解，原来是服务员小方在清扫完B0810房后，将房卡误当成自己做房的取电卡随手拔掉了，随后到隔壁的B0812做房，插上了此卡，在清扫完B0812房打算取卡离开时，发现是张房卡，以为是该房客人的，就关门离开了。大堂经理和房务部督导带着水果来到李女士房间，向李女士表达了歉意，最终得到了李女士的谅解。

◎分析与应对

在本故事中，服务员小方的做法严重违反了清扫住客房的标准流程，这是一种置客人财产安全于不顾的不负责任的行为。客人询问房卡时小方未仔细回忆就否认在清扫房间时看见过房卡，等到客人投诉之后，才回想起事情的经过，这不仅反映出其责任心不够，也反映出培训工作不到位。

住客房清扫注意事项：(1) 服务员做房时应按照住客房的清扫流程进行，尽量不要挪动客人物品；(2) 清扫住客房时，房间有房卡或取电卡，应在清扫单上标注；(3) 清扫完毕检查一次，避免摆错、拿错物品等情况出现。

客房楼道发生的“交通事故”

某日下午，服务员小汪和小吴两人都在A座12层清扫房间，小汪在完成12层房间的清扫后，推着工作车准备乘坐员工电梯前往11层清扫其他房间，而这时仍在清扫的小吴的工作车挡住了大约半个过道。

小汪目测楼道宽度后，心想应该可以通过，就推着工作车继续往前走，突然"嘭"的一声巨响，工作车撞到了过道中的消火栓箱上，箱门玻璃全碎了。小吴听到响声立即走出房间，一边帮小汪清理现场的碎玻璃，一边联系服务中心报修，并将此事汇报给部门领导。部门领导了解情况后，研究决定玻璃的维修费用由小汪和小吴共同承担。

◎分析与应对

本故事中小汪的推车行为过于莽撞，两车交会时应注意观察，车距足够安全方可通过。另外，清理房间时工作车应推至所需打扫的房间门口，也就是说，小吴的工作车应卡在门口，紧贴门框摆放。

综上，我们应该注意以下几点：(1) 清理房间时，将工作车摆放到位；(2) 推工作车时要注意前方，顾好左右，不可过快和莽撞；(3) 出现特殊情况及时处理并上报。

"省事"惹事

8月的一天，服务员程大姐正在D座12层清扫房间。D1222房郑女士已入住一个多星期，是饭店的常住客。此前负责该楼层的曹大姐在清扫该房间时，郑女士每次都要求只做卫生间的清扫。曹大姐今天休息，她把客人的特殊要求向程大姐做了交接。

程大姐一想，只要求清扫卫生间，那带着清洁篮打扫就行了，多省事。于是程大姐就拎着清洁篮去D1222房清扫卫生间，清扫完毕后退出房间，恰巧此时郑女士也回到了房间。

第二天，郑女士向楼层督导投诉："昨日服务员没有按规范推工作车到我的房间清扫，而是图省事拎了清洁篮入房清扫，让人感觉非常不专业。"同时，郑女士还提起经常服务的曹大姐，表扬她的热情服务和规范操作。

◎分析与应对

客房楼层服务主要是负责房间清洁和布置工作，保证房间清洁、整齐、美观，为客人创造一个优雅舒适的居住环境。清理住客房应按正常住客房标准处理，针对特殊要求也应规范操作，清扫房间应准备好清洁工具。

客房清扫注意事项：(1) 清扫员必须按照客房清扫流程对房间进行清扫；(2) 续住房和长住房要定期补充物资；(3) 清理房间时应将所有清洁工具备齐，放置在工作车上，同时进行规范操作。

失信的"诺言"

11月某一天的下午，某团队导游至前台投诉："我的客人上午入住时发现D1330房间阳台门锁是坏的，告知你们服务中心，随后你们工程维修人员到达现场，检查后告诉我们需要换锁，早上维修来不及，要到下午才能换。我的客人同意了，但是要求必须等他们回来后再维修，可是上午你们在我的客人不在房间的时候把门锁修好了。我的客人很生气，反映有贵重物品丢失，你们需要给予一个合理解释。”

大堂经理立即向导游致歉，与房务部督导了解情况后，立即带着果盘一同前往客人房间，并向客人致歉，了解客人遗失的贵重物品名称，客人答不上来，但一脸的怒气，说：“你们说好等我回来维修，怎么提前维修呢！这毕竟是我的私人空间。”大堂经理一再道歉，请客人原谅。客人终于语气有所缓和，说：“因为当时我很气愤，所以称自己贵重物品遗失，说的是气话。”原来贵重物品遗失是虚惊一场，大堂经理向客人表示饭店一定加强管理，加强员工责任心的培训，请客人给予谅解。

◎分析与应对

此故事中，工程维修人员缺乏契约精神，为了尽快把门锁维修好，而失信于客人，造成客人不满，最终酿成投诉事件。

维修分急修和一般性维修，本故事反映出我们应加强维修程序的培训。关于住客房维修，与客人达成共识后再处理。

钱包物归原主

繁忙的十一黄金周期间，一天上午8:00左右服务员程大姐去工作间取物品，途经C0808房间，发现房门大开，敲门后房内空无一人，也没有任何行李。程大姐心里嘀咕：“我好像没接到这间房退房的电话，难道客人退房了？”

于是，程大姐急忙打电话至服务中心了解情况。饭店管理系统显示此房是住客房，服务中心人员又与前台核实是否退房，前台告知半小时前已退房，因退房高峰期太忙忘记在饭店管理系统内做退房处理。服务中心将退房信息报给程大姐，程大姐进行了查房，发现床头柜上遗留了一只黑色的钱包。程大姐一刻不敢耽误拨通了服务中心电话，告知客遗钱包一只，并将钱包送交服务中心。经过多方联系，饭店最终将钱包送还至客人手中，客人十分感动，对黄山天都国际饭店员工的高尚品质赞不绝口！

◎分析与应对

前台收银员为客人办理退房时，应立即通知房务部查房，尽量不要让客人等候，但要提醒客人检查随身物品是否带齐。此故事中，服务员发现此房的情况，能够第一时间汇报，物归原主，提高了客人对饭店的满意度。

综上，我们应该注意以下几点：(1) 前台人员需严格遵循高峰期退房程序；(2) 各相关部门要密切配合与协调，及时高效地提供服务；(3) 发现特殊可疑情况应及时汇报，第一时间处理。

误丢的私人物品

盛夏的一天下午，一阵急促的电话铃声打破了服务中心的宁静。“您好！天都国际饭店，有什么可以帮您的吗?”接线员小王接起电话。原来这位先生是住在C0803房的客人，早上退房时走得匆忙，将一条内裤遗落在了房间，这条内裤是女朋友送给他的礼物。小王马上安慰这位先生：“您不要着急，我们马上查找，稍后给您回电话。”

于是小王马上联系楼层当班督导，了解到早间楼层服务员吴大姐在打扫房间时，发现有条内裤在垃圾筒旁，吴大姐看了下是客人穿过的，她想，一条穿过的内裤应该不算客遗吧？之后，她未经任何人的允许，将这条内裤丢了。当班督导将情况反馈至部门领导，并带着歉意给予客人回复，最终获得了客人的谅解。

◎分析与应对

房务部需规范各种客人遗留物的处理，小到客人遗留的一张纸片都应该按规定交至服务中心保管起来，并与客人联系，确认是否需要。此故事反映出饭店应加强对员工规范操作流程的培训。

查房时应注意以下几点：(1) 查房发现房间内任何遗留物品都应立即致电服务中心，无论是不是贵重物品，都应交给服务中心登记保管；(2) 如在客人退房时发现房间内有遗留物品，应第一时间通知服务中心告知客人有遗留物品；(3) 在客人已经离店或不清楚遗留物品失主时，需将物品交给服务中心存放，并做好交班。

电梯里困了自己人

10月的一天早晨，C座的员工电梯正在进行检修，服务员方大姐推着装满布草的工作车，和其他同事一起乘坐C座客用电梯至5层和12层清扫房间。

5层到了，方大姐推着装满布草的工作车准备出电梯轿厢，但因工作车太重没推动，而此时电梯门快关闭了，方大姐慌了神，使出全身力气把工作车硬生生地从电梯轿厢里推了出去，其间工作车与电梯轿厢发生了猛烈的碰撞。电梯门关闭后继续向上行驶，当到达12层时，电梯门在开启的一瞬间突然关闭，三位服务员意识到电梯出现故障了，于是拿起电梯轿厢内的电话告知服务中心他们被困的地点和楼层。服务中心立即通知工程维修人员前往救援。最后，电梯门被打开，服务员得以解救。

随后技术安全部联系电梯维保公司对电梯进行维修，整个维修过程持续了近1个小时，造成了客流拥堵。

◎分析与应对

电梯在关门过程中，如从电梯轿厢中跑（走）出，易发生剪切故障。此故事中，服务员在电梯关闭过程中强行推工作车出门，使电梯感应配件损坏，造成电梯故障，非常危险。

服务员应遵守电梯使用规范，工作车进出电梯间不得碰撞电梯门和电梯四壁，遵循“三轻”（说话轻、走路轻、操作轻）制度；电梯门自动感应关门时应停止进出，若要进出，则应及时按打开按钮。

哪来的小飞虫

“房间里有许多小飞虫，吵得我一夜没睡，我要求退房或者换房。”C1101房客人向大堂经理抱怨。大堂经理立即向客人致歉，并承诺在客人外出办完事返店时为其换房。

“这批客人是提前做好接待预案的，细节问题都一一对应检查过，房间怎么会有小飞虫呢?”大堂经理及时将情况反馈至房务部。房务部调查后了解到，部门曾要求早班人员将房间开窗通风，下班前关闭，防止蚊虫进入。早班小吴按要求开窗通风，但下班时因家中有事着急离开，没有按要求及时关窗，也未报告当班督导。5月的南方潮湿闷热，晚间如未关窗，灯光会吸引小飞虫飞进房内，从而影响客人休息。

◎分析与应对

对于重要接待，饭店相关部门应仔细认真地提前做好各项工作，充分体现饭店的优质服务和良好形象。本故事中因为服务员缺乏工作责任心，服务质量大打折扣，造成了客人不满。

遇重要接待，我们应该注意以下几点：(1) 各部门员工要熟悉重要接待的相关信息；(2) 针对预定的房间，做好卫生、通风和设施设备等检查工作，发现问题，及时跟进；(3) 接待中要多加关注相关服务工作。

客房区楼道哪来的烟雾

一天21:00左右，B座服务员小吴按规定路线进行楼层巡视，走到B座13层时发现楼道上有烟雾。小吴不敢掉以轻心，立即打电话汇报给当班督导并四处查找烟雾的来源。随后督导、安保员与大堂经理一同赶至该楼层认真排查，2分钟后发现客梯口的垃圾筒内发出烧焦的味道，掀起垃圾筒盖发现里面有烧了一半的包装纸盒，他们马上进行了清理。事后通过监控查看到，原来十几分钟前有一群醉酒的客人经过，将未熄灭的烟蒂置于垃圾筒中，导致了刚才的惊心一幕，所幸垃圾筒内有积水，纸盒自行熄灭了。

◎分析与应对

客房的防火安全和自查工作需从各个环节加强，客房服务员需定期参加安全消防培训，掌握必要的安全消防知识。此故事反映出楼层服务员安全意识强，发现安全隐患，及时汇报并查找原因，消除了安全隐患。

如何做好安全工作？(1) 各区域要加强安全自查巡检，并做好记录；(2) 检查客房及公共区域是否有遗留的火种；(3) 加强客房区域的防火宣传，提高客人防火意识。

消失的项链

“我是A0216房的客人，我用纸巾包好放在桌子上的项链不见了，是不是打扫房间的服务员误当作垃圾扔了？”接到客人电话后，服务中心小吴冷静地说：“您不要着急，请相信我们的服务员是有职业操守的，我们马上联系服务员，请您稍等。”小吴将情况反馈至当班督导，并立即联系了服务员小江。小江接电话后，称此房今天为续住清扫，没发现项链。督导赶到A0216房，将小江汇报的情况如实地反馈给客人，并请客人再回忆和查找一下。

此时，客人相当不悦：“昨晚洗澡前我随手取下项链用纸巾包好放在桌子上的，难道它自己长脚跑了？”大堂经理接到通知赶到房间，几经商量后无果。随后客人拨打了110电话报警，民警即刻到达现场，饭店也通知了小江到达现场。在民警的询问下，小江很肯定地说确实没看见客人的项链，但是，继而又说，在做房时好像看到有个红色塑料袋。这时，客人肯定地说：“我的房间压根儿没有红色塑料袋，从这点可以判断，服务员可能记错或混淆了发生的事情，我的项链完全有可能被服务员当垃圾丢了！”之后，民警听取了饭店管理人员对小江平时工作情况的汇报，表示没有足够的证据证明是小江丢了项链，还需进一步调查。

◎分析与应对

接到客人投诉时，要主动、热情、耐心、仔细地询问客人投诉的内容、原因、事情发生的时间等。事实有待调查的投诉，要先做好记录，查清后再回复客人并及时汇报给当班经理。类似本故事中发生的事情，事实无法确定，一时无法回复，饭店可以建议客人报警，并积极协助警察进行处理。

遇类似情况应注意以下几点：(1) 前台加强入住登记工作，以及提醒客人“有无贵重物品寄存”的申明工作；(2) 客房要规范续住房打扫流程；(3) 听客人反映情况后，应冷静劝慰客人仔细回忆，勿随意发表意见，忌主观臆测，同时应将情况反馈给当班经理；(4) 一时无法分辨是非的，应报告公安部门，并做好协助调查工作。

褶皱的布草

12月初的一天，房务部叶经理接到景区某饭店吴经理的电话：“叶经理，上周你们洗涤的一批新布草，是景区××饭店的，该饭店我们收到后查验，床单、被套的表面有很多的褶皱，影响床品整体效果，因此拒付所有的洗涤费用。”叶经理马上向吴经理致歉，并说如果褶皱影响床品整体效果建议重新洗烫。沟通后，对方考虑运输布草，上、下山的挑夫费用较高，不划算，没有采纳重新洗烫的意见。

后经调查，这批布草在水洗后上大烫机的烘干熨烫过程中，大件的床单、被套没有完全拉直就直接卷入了大烫机，因此造成表面产生很多褶皱。

◎分析与应对

饭店洗衣房洗涤布草要严格按照标准执行。本故事中，大烫工缺乏责任心，在熨烫布草时，没有将大件的床单、被套按要求拉直，造成布草熨烫不平服、褶皱多，给客户带来不便，也给饭店造成了经济损失和不良影响。

洗涤布草应注意以下几点：(1) 床单、被套、枕套、台布、口布必须按照严格的工序进行上浆处理，以保证布草的挺阔度及平整度；(2) 熨烫布草时，必须将床单、被套横向和纵向拉直后再进大烫机，确保布件熨烫平整；(3) 若出现个别熨烫有褶皱的，需重新过水后再按要求熨烫；(4) 布草折叠时，应将规格、颜色完全一致的摆放在一起，统一包装。

错误的记忆

“丁零零……”前台小汪接起电话：“我是B1202房的客人，昨晚放在房间枕头下面的项链挂件不见了，是你们服务员拿了，现在我要见你们的经理。”小汪快速查看客人信息，了解到此房是一位老人家入住，而且入住了多天。小汪感受到客人很着急，于是安抚道："您不要着急，再找找，我马上反馈给管理人员。"

值班经理和大堂经理赶到B1202房，一边安抚客人，一边请客人回忆项链挂件大小、色泽等情况。值班经理按程序让房务部询问服务员清扫此房的情况，同时征得客人同意后帮客人在房间内寻找，并调阅开门记录及监控。

半小时后，监控中心反馈，客人早上外出时带有项链挂件，而且与客人的描述是相符的，但是晚间进房时没发现其佩戴项链挂件。这是一条非常重要的信息。值班经理请客人再回忆一下早间外出后的情况，最后客人在其亲戚家找到了项链挂件。因为自己错误的记忆给饭店添了麻烦，客人表示非常抱歉。

◎分析与应对

客人随身携带的物品中有些是贵重物品，如笔记本电脑、大额现金、珠宝项链等。作为饭店工作人员，需提醒客人贵重物品寄存事项；处理客人报失物品时，需镇定、冷静和客观地分析情况，按线索仔细查找。此故事中，管理人员针对物品报失能够第一时间处理，并能够按相关程序积极主动开展工作，表现出了很好的业务素质。

遇类似情况应注意以下几点：(1) 前厅需提醒客人贵重物品可以寄存；(2) 房务部服务员要严格按规范清扫房间，切忌翻动客人物品，同时房间若有贵重物品，可附上温馨提示卡，建议客人妥善保管；(3) 接到客人物品报失，饭店工作人员应第一时间安抚客人情绪，同时严格按照规范流程处理，并做好相关记录。

无法恢复的床上用品

12月的一天早上，洗衣房的工作正在有序进行中，突然熨烫工胡大姐喊道："督导，这是怎么回事呀?"程督导听到胡大姐的叫喊声，走到跟前一看，一套熨烫平整的红色床单、被套上有许多白色的、发硬的、类似塑料的黏合物。这些黏合物能抠下来，但是床单和被套的布面严重脱色。程督导傻眼了："这套床上用品是饭店老客户吴女士亲自交到我手中的，一次没用过，想送来过一下水熨烫平整后使用，这该怎么办?"

程督导调任洗衣房班组还不足一个月，面对突发事件不知如何处理，于是立即联系部门叶经理。叶经理赶到现场，调查后发现是因为大烫机滚筒上有黏合物，于是询问前一批次熨烫的物品情况。胡大姐说，早上烫过几条浴帘，浴帘上的环是塑料制品。原因找到了，塑料制品在经过大烫机时因高温熔化掉落在滚筒上，残留的塑料高温条件下又黏附在床单、被套上。经与吴女士沟通，饭店购买同款产品予以赔偿。

◎分析与应对

洗衣房洗涤特殊物品时，应严格按照特殊物品清洗程序进行。本故事中，浴帘的挂钩是塑料制品，经不住大烫机滚轴的卷曲和高温烘烫，导致融化。

因此，我们应该：（1）加强洗衣房各项操作流程和特殊物品清洗程序的培训；(2) 有塑料挂钩或装饰品的床品要进行熨烫处理时，应关闭蒸汽，在大烫机温度较低时进行熨烫；(3) 提高员工工作责任意识。

“黄点点”不见了

“叶经理，又有一家外洗单位反映棉织品的黄色斑点多，尤其是枕套上，要求返洗并尽快解决黄斑污渍的问题。”负责拓展业务的龙经理心急如焚地将问题反馈至房务部叶经理处，请其尽快给出解决办法，提高外洗单位的满意度。

房务部快速成立了调研小组，在技术安全部的配合下，从棉织品收取、洗涤、烘干、熨烫等流程当中分析查找原因。洗涤原料没更换，洗涤后的床单、被套、枕套没有发现黄斑类的污渍，通过大烫机熨干后就出现了黄斑，甚至是大片的污渍，但是，重新洗涤后又能及时清除。初步判断可能是烫带使用时间长，传送带上的污渍在熨烫时污染了棉织品。于是，技术安全部向领导申请更换了全部烫带，房务部负责进一步观察棉织品的洗涤质量。

但是更换烫带后熨烫的棉织品还是有黄斑！其中，饭店的床单、枕套出现的污渍数量更多，这给洗衣房的管理人员及部门经理带来了很大的压力。到底是什么原因导致的呢？经反复分析研究，调研小组最终锁定喂单处的地板，发现大烫机底部有水管漏水，造成地板浸水腐烂，而熨烫布件时棉织品是放在地板上的，因此，地板上的腐蚀物污染到了棉织品上！终于找出原因所在，房务部经理立即向分管领导汇报，将喂单处的地板拆除进行改造维修，终于，棉织品上的黄斑问题得到了圆满解决。

◎分析与应对

加强设备日常保养工作，如检查各水阀关闭情况、水管是否漏水、皮带的运转情况等，如发现设施设备损坏，及时报修。此故事反映出日常检查不到位，大烫机底部水管漏水未重视，长期未得到修复，所以造成地板浸水腐烂，污染棉织品。另外，棉织品在分类和折叠时应予以检查，如有污渍需立即返洗。

综上，我们应该做到以下几点：(1) 加强水洗机、烘干机、干洗机等设备巡检和日常保养工作；(2) 加强沟通，查出问题所在并提出解决方案；(3) 主动给外洗单位回复，做好后续处理工作；(4) 将发生的事情整理成故事运用到员工培训中，提高员工工作责任意识。

差点取消的洗涤合作

6月的一天早晨，饭店龙经理接到某民宿方总的投诉电话："昨天从你们洗衣房取回来的面巾，又有几条破损，这种事情时常发生，你们必须给我一个满意的答复，否则我们将取消与你们的洗涤合作。"龙经理立即致歉并表示马上查清破损原因。

龙经理立即将此事告知洗衣房程督导，程督导表示所有外洗布草都是按正常的工序进行洗涤的，没有加入特殊的洗涤剂，但有几家民宿和客栈送来的面巾特别脏，面巾上有84消毒液的气味和浸透过的痕迹，含棉量高，经过高温高速清洗棉纤维易发生破损。龙经理又请教了分管洗衣房的房务部经理，她分析的面巾破损原因与程督导一致。于是，龙经理告知洗衣房员工，下次收布草发现有异味或破损时，及时通知她，她先与对方沟通，以免出现类似情况。

龙经理与洗衣房督导上门将情况反馈给了方总，并希望方总能够初查送至饭店洗涤的布草。同时，建议方总在房内配备小方巾，并提示“供擦拭脏污专用”，既方便客人，也能延长面巾使用时限，从根源上解决问题。这个方案得到了对方的认可。龙经理还结合此事，致电正在合作的20余家民宿和客栈，提出类似的建议，得到了合作单位的赞扬。

◎分析与应对

洗衣房应按照《布草收发管理规范》，做好布草的收发工作，规范服务行为，逐一清点收取数量，检查布草是否有破损、异味、沾染杂物，并做好记录。此故事中，龙经理运用专业知识耐心解释，成功化解了矛盾，并得到了合作客户的认同。

综上，我们应该注意以下几点：(1) 遇到客人投诉切不可推卸责任或不闻不问，要耐心倾听，认真迅速地解决问题，避免影响饭店的声誉；(2) 从专业的角度提出针对性的措施或建议，利于客户接受和认可；(3) 举一反三，与其他合作单位建立友好提醒机制，减少客户损失，间接提升饭店形象和经济效益。

补　丁

一天下午，洗衣房忙得热火朝天，汪大姐正在清点外洗单位送来清洗的床单和被套，突然发现送来的几床床单和被套有小烟洞，便及时提醒了外洗单位的客户。对方一看着急了：“这是才买的床品，怎么办?”汪大姐一边安慰客户，一边说：“我看烟洞不大，我来替您修补修补，您看怎么样?”对方非常感动，提出要给一定的报酬，汪大姐笑着拒绝了。经过汪大姐的巧手，床单和被套上的烟洞补好了，且几乎看不出有修补的痕迹。客户为此特意致电饭店表示感谢。

◎分析与应对

为了满足外洗单位高质量洗涤的要求，洗衣房应选用与洗涤设备配套的专用洗涤剂；同时，从收取客户衣物、布草等物品，到洗涤后的包装、摆放等每一个环节，都要严格按照相应程序进行，力求让客户满意。此故事体现出汪大姐工作认真负责，热心助人，为饭店赢得了忠诚客户，也为自己树立了良好的职业形象。

清洗布草时应注意以下几点：(1) 洗衣房应对所有送达的布草进行分拣，分类清洗；(2) 特殊污渍必须使用安全有效的办法单独去除后，方可进行清洗；(3) 若有破损需告知客户，确认后方可清洗，同时做好个性化服务。

细致工作获好评

饭店庭院内，微风吹拂，池面上泛起阵阵涟漪，池塘里的鱼儿自由游弋，池塘边的满树花朵显得格外怡人，可是远远望去，庭院铁艺桌面上高低不平的桌布却增添了一丝不和谐。

房务部叶经理巡视时看见了，走过去掀开桌布，发现下面散乱地放着几张硬纸板，经询问管辖区PA（Public Area，公共区域）人员了解到，原来，每周五社区文宣队的大爷、大妈们在进行传统文艺表演时觉得坐在石凳上不舒服，就自带了硬纸板垫在石凳上，结束后就顺手塞在桌布下面，方便下次使用。叶经理深感自己工作不到位，没有考虑到客人的感受，于是秉承天都人“马上就办，办就办好”的工作作风，立即购买了十个竹垫，交由管辖区PA班组负责每周五铺设在石凳上，等文宣队表演结束后再及时收回妥善保管。这一举动受到大爷、大妈们的一致好评！

◎分析与应对

饭店致力于打造“徽州故事”文化主题酒店，以差异化之路，突破同质化竞争。社区文宣队传统文艺表演是打造文化主题酒店的重要内容，给客人以直接的文化体验。在本故事中，个性化的服务让亡羊补牢为时未晚，饭店既为老人们提供了方便，也为饭店客人增添了有针对性的个性化服务。

日常工作中，我们要注意细节，及时发现问题，并提供有效的解决方法，立行立改。

《弟子规》给我们的启示

“弟子规，圣人训。首孝悌，次谨信。泛爱众，而亲仁。有余力，则学文……”琅琅的读书声中，一天的工作开始了。我们如何抓好学用结合，将理论知识转化为生产力呢？请看看下面的故事。

小静是会议班组的一名督导。一天，小静和小汪一同去员工餐厅用餐，小静看到有自己喜欢吃的红烧鱼，直接夹了两条放进自己的餐盘里，对旁边的素炒藕片看都没看一眼。就座之后，小汪笑着说：“督导，《弟子规》谨篇中的‘对饮食，勿拣择。食适可，勿过则’，你没有深刻领会哦！”这看似玩笑的话却让小静陷入沉思。

小洪是服务中心班组的一名接线员，这段时间酒店客情忙，电话接听量大，小洪出现了一些焦躁的情绪，在与人沟通时，不知不觉就会提高嗓门，“三轻”制度被远远地抛之脑后。在一次谈话中，督导提到了《弟子规》谨篇里的“事勿忙，忙多错；勿畏难，勿轻略”。这让小洪意识到了自己的问题，从此将这句话记在心底，改进自己的工作，努力做好每件事情。

◎**分析与应对**

2015年开始，饭店致力于打造“徽州故事”文化主题酒店，走差异化之路，从徽州文化等中华优秀传统文化抓起，提升“四德”（社会公德、个人品德、职业道德、家庭美德）。《弟子规》三字一句，共360句，计1080个字，朗朗上口接地气，同样适合作为当代人的行为规范。以上故事均反映出饭店将中华优秀传统文化运用到日常工作和生活中。

我们应持续深入学习中华优秀传统文化；同时做好学用结合，学以致用。

JI SHU AN QUAN BU

技术安全部

专业 敬业

安全 高效

操作技能要提升

3月25日，技术安全部值班室接到洗衣房报修电话，称洗衣房大烫机散热排风扇不运行，通电启动后无反应，值班人员老潘和老邱带上工具赶至洗衣房。

老潘和老邱对大烫机散热风机进行了一番检查，拆除散热风机后未发现异常，两人初步判断是线路出现故障，于是用万用表测量线路。只听“隆”的一声响，火花四溅，风机跳闸，万用表冒出一阵浓烟并伴有一股异味。两人一时不知所措，马上将情况汇报至部门督导。

技术安全部督导立即赶到现场，重新对散热风机的电源线路进行了检查，发现电路的线管严重破损，并且地面有积水，导致线管绝缘破坏，引起线路短路。督导立即安排人员对该线路的电源线进行更换，消除了安全隐患，使散热风机恢复了正常运行。

◎分析与应对

饭店设施设备出现故障，安全技术人员要能第一时间预判故障的原因。维修和检查设施设备时，应规范安全操作，保证操作安全。

因此，我们应该：(1) 加强员工安全意识培训和用电操作规范培训，提升员工安全操作技能，减少和避免发生安全事故；(2) 督促员工熟悉饭店设施设备，提高其解决突发设备故障的能力；(3) 加强安全技术人员培训，提升其工作效率和业务技能。

容不得半点马虎

6月20日21:00左右，饭店突然断电，前台备用UPS电源自动进行转换，但电源开关出现多次跳闸，影响客人办理入住和信息查询。

技术安全部小江接到报修电话后立即带着工具，对前台的配电箱电源和UPS电源的连接进行检查，发现UPS电源的电量已释放完，处于报警状态。经过检查发现，火线零线都有电，但前台的电脑插座电源没有电，小江不知道如何处理，“求救”于已经下班的督导。电话那头督导发出指令，保证前台电脑供电，拆除UPS主机，直接接入市电电源，恢复了前台的正常用电。

次日，部门管理人员与当事人对此事进行分析，并查找原因。原来两个月前，技术维修人员为前厅办公室安装计量电表时，将电表内的火线和零线装反，安装完成后未做检查，导致前台的UPS电源主机在转换运行时被烧坏。

◎分析与应对

电气设备安装检修时，要做好检查和试运行工作，对线路的连接、安全等均要检查，现场做好送电的配合工作，同时提升维修人员的问题处理能力，防止出现类似情况。

因此，我们应该：（1）加强员工业务技能培训；（2）增强员工工作责任心；（3）及时发现安全隐患，排除安全隐患。

关错了电源之后

骄阳似火的6月，技术安全部值班室的电话“丁零零”响起，值班员老王接起电话：“您好，技术安全部。”电话那头传来焦急的声音：“您好，我是服务中心小吴，B1605房间断电了，报修。”

值班员老王提起工具箱，2分钟内赶到B1605房，打开房间配电箱，发现总开关零线接线端已经烧焦，引起了总电源断电。

老王更换房间烧焦的接线端后，来到16楼强电井查看情况，发现B1605房的电表开关跳闸。之后服务中心小吴报修“B14、15楼层房间网络无法正常使用”，技术安全部督导赶到现场，与老王一同查找原因。

“滴答、滴答……”时间一分一秒过去，经过约30分钟的检查，最终发现是16楼强电井B1605房的开关断开，引起15楼弱电井设备断电，造成两个楼层无网络。他们立即检修，网络恢复正常。

◎分析与应对

技术安全部需加强设施设备的保养和维护，同时督促维修人员加强学习，提升应对突发事情的处理能力。

因此，我们应该：(1) 熟悉饭店布局，明确各自负责的具体区域；(2) 加强技能培训，提升督导及员工对问题的预判能力；（3）对事件进行整理分析，在班会上进行研讨。

工作留给谁

6月29日20:00，D1425房的张先生投诉："房间衣柜灯不亮，柜内还有灯管，你们饭店管理不合格。"大堂经理立即致歉，与客人沟通后，为其换房，又送上致歉果盘，获得了客人的谅解。

经了解，D1425房衣柜灯不亮的情况当天上午已报至技术安全部，当班的维修工老潘立即从仓库领出两只衣柜灯管和声光控制开关等材料，带着材料来到D1425房进行维修，维修好声控开关，送电时却出现短路跳闸现象，此时已是下班时间，老潘没有检查跳闸原因，将衣柜灯随手放在D1425房衣柜内，并将维修工作交接给了下一班次。接班人员小施在做好交接班后，拿着工具前往该房间维修，通知服务中心开门时被告知已有客人入住，且未与客人沟通房间有维修未完成，这才导致大堂经理接到张先生的投诉。

◎分析与应对

天都人要认真对待每件事，认真做对每件事，认真做好每件事。此故事反映出技术安全部员工需提升业务能力，增强工作责任心，并养成当日工作当日毕的良好习惯。

因此，我们应该做到以下几点：（1）加强业务技能培训，问题无法解决时，要主动汇报；（2）规范工作交接，重要事项采取现场交接的原则，无法及时完成的工作，告知服务中心和当班督导维修进展，以便做好相应处理；（3）服务中心对于维修、跟修等故障房问题，收到已修复信息后方可更改房态为干净房，避免提供故障房给客人。

网络升级之后

4月17日20:00左右，弱电值班室接到大堂经理的电话："B0608房吴女士投诉网络问题，服务员告知其连接程序，但客人尝试了好几次都连接不上。"

弱电值班工程师小程立即前往B0608房间，吴女士很生气，抱怨道："什么饭店，网络根本连接不了，我在其他饭店都能自动连接。"小程一边检查客人的电脑，一边用自己的手机连接网络，信号显示满格而且非常稳定。不一会儿，客人的电脑网络连接好了，客人道谢后问道："怎么回事，我怎么就连不上?"小程解释道："近期饭店网络升级，客房使用电信的网络信号，只需搜索入住房间号，再输入密码就可以了。"客人满意地笑道："原来如此。"

◎分析与应对

为了提供符合现代人需求的良好住宿体验，满足客人无线上网的需求，饭店不断优化硬件条件。此故事反映出部门间需加强沟通，以便更好地为客人提供服务。

另外，我们还应注意以下几点：(1) 网络升级后，技术安全部应及时对各部门进行操作培训，便于做好对客服务，提高服务质量；(2) 客房内放置网络使用说明卡片，方便客人使用；(3) 大堂经理需知晓饭店网络如何使用，及时为客人提供解决方案。

按章操作保安全

3月21日20:05，服务中心的电话突然“丁零零”响起，“您好，服务中心”，没等话讲完，一位女士着急地说：“我被困在电梯里了，你们快点来。”服务中心了解了大致情况，请客人保持镇定，不要做踢门、扒门等危险动作，耐心等待救援。服务中心通过电话显示，判断客人被困7号电梯，立即将情况向技术安全部值班人员、监控中心和大堂经理报告，同时向部门负责人报告。其间，服务中心人员多次致电7号电梯轿厢与客人交流，告知其技术安全部人员马上就到，不要紧张。

大堂经理一层一层向上敲电梯门确定客人在哪个楼层，同时监控中心通过回放查找电梯停靠的楼层，监控显示20:03客人进电梯，电梯向上运行至6层停止运行，20:04再次运行，最后一直停靠在9层。20:10，技术安全部人员赶到9层，随后大堂经理和值班经理也赶到，确定客人在此楼层。技术安全部人员使用三角钥匙将电梯门打开。值班经理和大堂经理立即上前搀扶客人，并送上矿泉水和毛巾，一边安抚客人，一边将其引至茶吧休息。

事后，技术安全部人员对此事件进行分析。当日，维保公司对饭店10部电梯进行维保，7号电梯20:01恢复运行，但维保公司人员在恢复运行前未进行测试，违规操作，因此出现了客人被困的一幕。

◎分析与应对

电梯维保公司在饭店内的一切操作，饭店应进行安全监管。检修电梯时应在电梯轿厢内放置检修牌（警示标志），履行告知客人义务。饭店应派专人跟进，确保电梯维保检修工作安全有效，避免将客人作为电梯试用员。

确保电梯安全应注意以下几点：(1) 加强对工程值班人员操作技能和安全意识的培训，思想上要高度重视特殊设备的使用管理；(2) 电梯故障，严格按照《电梯困人施救应急预案》操作，确保及时、快速、准确处理；(3) 监控人员要加强对监控区域的监管。

夜深人静“噪音”扰客

3月26日22:30左右，服务中心致电技术安全部值班室：“B1601房客人投诉，说总是听到沉闷的响声，让人无法入睡。”

小江来到B1601房，边敲门边说：“您好，我是技术安全部小江。”两位老人家打开房门说：“你听，有微弱沉闷的声音，我们年龄大了，没办法入睡。”小江认真检查并仔细倾听，但未听到沉闷响声，便报告了当班督导。当班督导小胡立即赶到该房间检查，客人入住的是B座最高的一层，初步判断是因为顶层外屋面水泵运行造成的微弱响声，于是在水泵下方加垫了防震垫，客人反映还是有响声。再次到顶层检查，发现空气源工作时与屋面有轻微共振。一来二去，时间已到了23:40，两位老人打电话致前台投诉说：“夜已深，还能不能彻底修复，能不能让我们休息？”前台建议客人换房，但客人称行李太多而且都已打开使用，不想换房。

当班督导请示了值班经理，在预估空气源热水足够使用的情况下，暂时关闭空气源设备，待次日再开机，解决了噪音扰客问题。

◎分析与应对

想客人之所想，急客人之所急，在接到类似报修时，工程人员应立即分析判断，以最快的速度解决问题。

遇类似情况，我们应该注意：(1) 对客房容易出现噪音的问题进行归类、整理，并将信息反馈给相关部门；(2) 针对屋面的空气源设备机组，增加防震橡胶块，降低设备运行时的噪音，避免噪音过大影响客人休息，引起客人投诉；(3) 前台安排房间时要注意，靠近电梯口、马路和设备机房等的房间，尽量不要安排给年纪大的客人。

房门怎么开不了

7月28日20:00左右，小程正在认真巡视各楼层水电管井。当他巡查到C座8层时，看见一位小朋友兴高采烈地拿着房卡，准备开C0808房门，但发出了刺耳的“滴滴滴”声。小朋友嘀咕着：“房门怎么开不了呀?”随后，小朋友的父母也试了好几次，还是打不开。

“晚上好，我是饭店技术安全部小程，需要帮忙吗?”小朋友不由自主地将房卡交给了穿工服的小程。小程首先查看了房卡是否是此房间的，确认完毕后，细心的小程发现该房卡有被折的痕迹。小程联系了大堂经理，告知情况后大堂经理重新制作了一张房卡送至客人手中。客人接过房卡时说道：“你们饭店的服务真的非常不错，下次来黄山还选择你们饭店。”小程连忙说：“这是我们应该做的，谢谢您的鼓励。”

◎分析与应对

天都人用规范和责任感动每一位客人。在此故事中，为客人开门这一细节体现出饭店员工的用心，为客人着想，应客人之需，这是我们在服务工作中所倡导的一种工作境界。

遇类似情况应按如下步骤处理：(1) 认真核实房间号与房卡是否一致；(2) 如核实无误，应尽快请前台重新制作房卡或请服务中心开门；(3) 认真查找房卡打不开门的原因，并给予答复。

坚持原则很重要

5月16日22:00左右，一辆浙A牌照车辆驶入饭店广场，打算停靠在广场右侧的“空车位”上，安保小吴小步快跑迎过去，示意此处暂无法停放车辆。

此时，车主已下车将“空车位”上“请勿泊车”的牌子移至旁边，打算将车停至车位内。小吴礼貌地与车主进行了沟通，表示此处刚修补过地砖，需要养护几天，希望予以配合将车停在其他指定车位。

车主十分疲倦地说：“开一天车太累了，不想再挪车，想尽快休息，明天还要赶早。”小吴拿着“请勿泊车”的牌子，默许了车主的行为。随后，车主停稳车取完行李，便径直走向大堂办理入住手续。

◎分析与应对

此事件中，当班安保员小吴虽然对车辆停放进行了跟进，但不及时，而且客人强行停车时，小吴未能有效制止，暴露出其工作时原则性不强的缺点。

因此，我们应该：(1) 加强对安保人员安全意识、服务意识的相关培训；(2) 加强突发事件的应急处理培训，提升安保人员的工作语言技巧；(3) 将事件整理成故事运用到培训中，增强员工工作责任心。

凌晨巡视

2月24日凌晨2:30，安保员老吴巡视楼层时，在C座14层过道上发现有一名男子独自靠墙站着。老吴赶紧上前询问："先生，需要帮助吗？"客人根本不予理睬，身上散发出一股浓烈的酒味。老吴立即报告给了夜间值班经理和安保督导。值班经理和安保督导迅速到现场，但客人无法说出自己的房号，房卡又丢失，幸好身上有身份证，通过身份证信息查询到此客人入住的是A1420房。

值班经理与安保督导一起搀扶客人至A1420房，此时客人已慢慢清醒。他们将客人扶到床上躺下，调节好房间空调温度，并将泡好的蜂蜜水端给客人慢慢喝下，随后准备了清洁桶放在床边。离开前，值班经理还不忘细心叮嘱客人："酒后不要洗澡，尽量侧卧，不要卧床吸烟，如有需要请拨打服务中心电话。"向客人道了晚安后，值班经理又叮嘱服务中心和安保监控岗夜间加强对A1420房的关注。

次日，客人退房时向饭店表示了感谢。

◎分析与应对

天都国际饭店始终坚持"安全是一切的一切"的理念，将日常巡查工作落到实处，尤其重视夜间的巡查力度，坚持每2个小时对饭店内外全面巡视检查一次，关注细节。本故事中，工作人员对醉酒客人耐心照顾，默默履行自己的职责。

夜间遇到醉酒客人应注意以下三个方面：(1) 如有同行人员，且为清醒状态，可协助其将醉酒客人送入房间；(2) 若无同行人员，且又意识不清晰，应汇报给值班经理，要有两人以上在监控摄像头下方，找出客人有效证件或所住房间，将其送入房间，通知服务中心加强夜间关注；(3) 监控中心要每隔1小时，将监控画面切换到醉酒客人所在楼层查看，以免发生意外。

充电器爆炸

1月的一天下午，监控中心火灾自动报警系统显示B0911房报火警。监控中心立即通知安保督导小黄，小黄与当班安保员快速赶到B0911房。

小黄敲开房门说明了来意，此时房间里烟雾很重，客人一边用纸擦桌上的痕迹一边说："手机正在充电，不料出现了惊险场面，充电器'砰'一声响爆炸了，房间的电也停了，所幸的是充电时没有接听电话，否则后果不堪设想。"小黄问："您使用的充电器是原装的吗?"客人此时才反应过来："我出门时忘记带充电器，于是买了一个接口相同的，没想到出了这种情况。"

小黄了解情况后，立刻报告给部门领导，同时通知了工程维修人员。及时赶到的部门领导向客人耐心阐述使用正规产品的安全性和重要性，维修人员仔细检查后认为此次事故系使用不正规充电器造成短路所致，检修房间线路后恢复了正常供电。

高效的工作得到了客人的好评，他说："惊吓之余，我看到了天都的安全工作做得很好很扎实，住在天都，让我非常有安全感，我以后来黄山还住天都。"

◎分析与应对

健全的安全防范体系，烟感探测器的灵敏度，消防主机的预警，安保队伍的快速反应、迅速行动，机防加人防，无不体现出平日设备保养和人员培训的到位，只有这样才能消除安全隐患。

另外，我们还应该做到：(1) 加大对客人安全用电常识的宣传，加强员工的日常巡查力度，时刻保持警惕；(2) 加强各岗位对消防预案的培训和演练；(3) 加强应急小分队的拉练，提高其处理突发事件的能力。

危急时刻

3月的一天早上8:00左右，正是客人退房的高峰期。一辆中巴车驶入门厅，当班安保老王小步快跑迎过去。司机称来接客人马上离开，于是老王将车辆指挥停放在指定位置。

中巴车司机匆匆下了车跑去大堂，老王突然发现车子在滑动，而门厅来来往往的客人络绎不绝。危急关头，老王一面呼叫同事疏散车后客人，一面快速追赶司机，大声呼喊："司机师傅，车手刹没拉好。"粗心的中巴车司机听到呼喊后，赶紧跑出大堂，快速打开车门，及时拉住手刹。车子后滑数米，所幸发现及时，未造成事故。

粗心的中巴车司机在后怕之余对安保人员的及时提醒连连道谢。

◎分析与应对

天都国际饭店始终坚持“安全是一切的一切”的理念，“严”字当头，“实”字落地，坚定“双零”目标，打造平安天都。本故事中，老王同志的认真细致和较高的职业素养，避免了安全事故的发生，保障了饭店客人的人身财产安全。

如何做好安全保卫工作？(1) 要“防患于未然”，要坚持“安全第一，预防为主”的原则；(2) 建立长效预防机制，将安全防范教育贯穿于日常工作中；(3) 从成功防范的故事中汲取经验，做好风险防控工作，增强全体员工的安全工作责任感。

找回“错拿”的钱包

“黄山天都国际饭店急客人之所急，真诚友善，帮助我们解决了大问题，在此表示万分感谢……”这是一封来自杭州市民的感谢信。

9月4日晚上，一位入住汤口的杭州客人刘先生在天都国际饭店茶吧与朋友相聚，临走时不慎将钱包遗失在茶吧，内有现金、身份证和银行卡。回汤口饭店后发现钱包遗失，因第二天预订了上山的行程，刘先生比较着急，打电话至饭店前台寻求帮助。此时已近凌晨，接到电话后，饭店值班经理和安保督导立即到茶吧寻找，发现已无钱包踪影。安保督导小黄调取监控查看，监控显示一位客人拾到钱包后走出大堂，将钱包放入了停放在广场的车内。安保督导小黄向刘先生说明了情况，安抚刘先生不要着急，饭店将关注此车辆，次日处理。第二天早上，通过交警查询到车主联系电话后，饭店值班经理立即与车主沟通，动之以情，晓之以理，最后，车主在饭店值班经理和安保督导的劝说下，归还了钱包。刘先生紧握着饭店工作人员的手，连声感谢："如果没有黄山天都国际饭店工作人员高度负责的工作精神，我真不知道没有身份证怎么办，连黄山都上不去了。实在太感谢了！

◎分析与应对

以主人翁的精神，时时提供优质服务，尽己所能为客人排忧解难，树立形象，抓好服务质量。本故事中，安保人员有协助查找失物的义务，但没有扣留可疑人员的权力，饭店作为中间方，帮助协调，避免事态扩大，圆满解决问题，体现了良好的服务品质。

为避免出现类似情况，我们应该：(1) 防患于未然，茶吧区域的工作人员应加强服务和巡视工作；(2) 关注客人的动态，客人离开茶吧区域，及时提醒其带齐随身物品。

细节服务赢得客人赞许

9月的一天上午8:00左右，值班经理接到入住昱城皇冠酒店客人及同行人员的感谢电话。该客人说昨晚因醉酒走错饭店，幸而黄山天都国际饭店安保人员和值班经理及时发现，联系其同行人员，并及时将其送至医院。客人经医院诊断为胃出血，目前身体已无大碍，幸亏饭店及时处理，否则后果不堪设想。客人再三向饭店表示感谢。

原来，技术安全部督导小黄在夜间巡岗时，发现一名醉酒客人在A座11层过道呕吐，立即通知了值班经理。发现该客人呕吐严重，且意识不清醒，手中持有一张昱城皇冠酒店房卡，值班经理立即致电昱城皇冠酒店总机，与其核实客人信息并请其协助寻找客人同行人员，同时将醉酒客人搀扶至茶吧并提供蜂蜜水解酒。

5分钟后，接到昱城皇冠酒店通知，已联系到其同行人员，正在赶往黄山天都国际饭店途中。其间，该醉酒客人表示身体不适，胃部疼痛，值班经理立即拨打120急救电话。23:00左右，该客人在同行人员的陪同下前往医院检查治疗。

◎分析与应对

黄山天都国际饭店一直将客人当亲人，针对醉酒客人的妥善处理，获得了良好的口碑。

针对醉酒客人，我们应该注意以下几点：(1) 夜间服务员要注意加强巡视，做好工作记录；(2) 根据醉酒客人特点，及时核实其身份信息，并根据线索寻找、联系其同行人员；(3) 醉酒客人若身体不适，应第一时间拨打120电话将其送至医院就治。

人防+机防，双管齐下保安全

7月23日17:30，饭店广场右侧一辆白色本田车的车主找到广场安保人员，称其车子尾部右侧被其他车子剐蹭。当班安保督导老何赶到现场并查看情况，之后将此事报告给值班经理和技术安全部经理。

随后经查看监控，发现被蹭车辆是当天14:40停放在这里的，此后一直未离开此车位。16:30左右，有一辆黑色轿车驶入。监控画面显示，黑色轿车车主在驶入本田车隔壁车位后，下车几次用手抹车头左侧，两辆车明显有“亲密”动作。

5分钟后，黑色轿车车主将车辆驶出饭店，10分钟后，停放在饭店广场左侧。值班经理与技术安全部经理通过认真观察，对此车辆产生怀疑并到现场进行比对，发现车辆前部明显有擦漆粉末，擦痕基本吻合。

确认无误后，技术安全部经理电话联系黑色轿车车主。起初车主矢口否认，后在值班经理与技术安全部经理的积极沟通下，黑色轿车车主主动与本田车车主当面协商解决赔偿事宜。

◎分析与应对

停车场管理责任重大，工作人员需认真负责，一丝不苟，维护停车场车辆安全，保证畅通。本故事反映出管理人员具有丰富的经验，知道利用监控画面进行取证。

如何做好停车场工作？（1）广场安保人员应加强对停放车辆的跟进指挥和检查，防止碰擦，发挥人防的作用；（2）饭店监控摄像头要定时进行保养，切实发挥其监控范围内的技防作用；（3）遇此类事件应及时汇报，协助处理，做好交接。

拾金不昧展风采

3月9日清晨6:00，安保汪师傅正在认真巡视各岗点，当巡视到大堂休息区时，发现休息区椅子上有一个棕色的手提包，于是立即报告当班督导。当班督导马上到前台，同前台两名员工一起在监控区域打开包，清点物品，包内有身份证一张、银行卡数张、金佛一个、现金5575元。随后立即报告给值班经理，值班经理立即寻找丢包客人。

6:40左右，丢包客人回店寻找。核实其身份信息后，值班经理将包归还给了客人。客人当场拿出200元现金要感谢安保汪师傅，被婉言谢绝。客人激动地再次表示感谢，并称赞天都国际饭店住得舒适、放心，今后来黄山还住天都国际饭店。

◎分析与应对

安保人员用自己拾金不昧的实际行动展现了天都人的优秀品质，为饭店赢得了良好声誉。天都人真诚待客，认真做事，用心做事。

各部门通过优秀传统文化的学习，抓业务、带队伍，落实到日常工作与生活中，体现了饭店员工的整体素质。班会上应对安保汪师傅拾金不昧的高尚行为进行宣传，并将其作为正能量的典型予以表扬。

贴心的服务

忙碌的十一黄金周，停车场车满为患，饭店只好借用隔壁大厦200个停车位。20:30左右，一辆上海牌照的电动汽车驶入饭店广场，安保小汪立即上前："您好，先生，停车场车位已满，请向前至天都大厦停车场。"客人积极配合，行驶到天都大厦停车场，但是有充电桩的车位都已停满了充电的车辆。客人找到安保小汪："我的电动汽车需要充电，可现在充电桩都有车辆充电，这可怎么办?"

沟通中，小汪得知张先生本次是家庭游，为了打消张先生的顾虑，小汪说："张先生，您先办理入住，我马上反馈给部门领导，帮助您解决问题。"经过反复协调，工作人员终于在天都大厦停车场协调到了一个充电桩车位，供张先生的电动汽车使用，保障了张先生第二天的出行。

临走前张先生留下了感谢信，感谢饭店的贴心服务，表示下次来黄山还要入住天都国际饭店。

◎分析与应对

饭店的服务质量依赖于每一个细节的落实，饭店的服务内涵更多地表现在细微之处，工作人员要尽己所能，满足客人需求，为客人提供“满意+惊喜”式的服务，持续提升客人满意度。

在停车服务方面，我们应该：(1) 采取多种举措保障客人停车；(2) 专人引导客人有序停车；(3) 主动服务客人，积极解决问题。

演练贴近实战

天都国际饭店高18层，拥有700余间客房，每年都会开展各种演练。6月15日，在省、市相关单位的全力支持和指导下，联合大厦内各合作单位开展了第三次“高层饭店防震消防避险逃生演练”活动。

皖南地区突然发生中强度地震，因地震造成次生灾害，致使饭店D0828房间发生火情，有人员受伤被困。灾害发生后，饭店立即组织开展抢险自救和灭火救援工作。指挥长接到报警后，启动应急预案，各单位接到指令后立即按预案实施相关工作。饭店救援行动组、疏散引导组、救护组各司其职。电源、燃气迅速被关闭，经过黄金12秒的紧急避震后，在楼层工作人员的组织引导下，客人、饭店工作人员从安全通道抱头弯腰、快速有序撤离到饭店前广场。消防支队按指令迅速赶到现场，开展消防救援，使用大型消防专业车辆5辆，成功解救被困人员，消灭火情。120急救中心接报后赶赴现场，采取紧急救护措施。

◎分析与应对

整个演练过程组织有序、分工明确、贴近实战；演练方案编制科学合理，各单位各部门协同配合默契，保障措施落实到位；参演人员态度认真，应急疏散规范有序。本次演练达到了熟悉流程、锻炼队伍、增强意识、提升能力的目的。

我们下一步应做的工作：(1) 继续完善演练预案，提升组织协调能力；(2) 各部门要高度重视安全工作，提升应急操作能力；(3) 总结经验，加强宣传。

不说“不知道”

一天，饭店安保小张正在广场的入口处指挥车辆，这时一位老先生向他走来，小张立马说：“您好，有什么可以帮助您的吗?”老先生用一口很难懂的闽南口音普通话问道：“小伙子，宏村景区怎样走?”

小张热情地告知老先生，可以包车去，也可以到长途汽车站坐车去。老先生又问小张大概需要多长时间，小张抱歉地笑着回答说："对不起，我不知道。"

作为饭店工作人员，切忌说"不知道"，这会给客人留下不好的印象。遇到不清楚的问题，应该先积极打听，再回复客人。

◎分析与应对

饭店所提供的产品不单单是设施设备，硬件固然重要，但饭店真正的产品还是服务，应时时处处方便客人，为客人排忧解难，给客人无微不至的关怀。

因此，服务人员对客人的询问应该有问必答，不能简单地回答"不知道""不会""不行"或"没有"；若确实无法马上回答，也要尽可能弄清楚后再告诉客人。另外，作为著名旅游地的饭店，工作人员应掌握饭店周边景点信息和应知应会的相关知识。

服务需从点滴做起

十一黄金周的一天18:00左右，饭店停车场上已经停满车辆，这时一辆上海牌照的车辆驶入广场。安保老钱礼貌地问道："您好，女士，请您直行向前，至饭店地下车库停放，目前地面停车场车位已满。"

此时，客人发现岗亭旁恰好有一个空位置，认为可以停放。"师傅，我就停这里了，开了一天的车，很累了。"安保老钱连忙向客人解释："这里预留出来是方便安保人员开门进出岗亭的，请您谅解。”

正值高峰期，客人又执意要停，安保员老钱就没有理会这位女士，忙着指挥其他的车辆了。客人将车停好后，发现驾驶室靠着花圃，根本没办法出来。“师傅，我怎么出来呢?”老钱随口说了一句：“从副驾驶这边出来。”这句话让客人非常不悦，导致客人到前台投诉安保人员服务态度差。

◎分析与应对

饭店属于服务行业，服务最重要的是要在点点滴滴中传递真诚。满足客人受尊重、受关注的心理需求，才能以真情感动客人，以真诚留住客人，树立良好的口碑。

遇类似情况应注意：(1) 安保人员要热情有礼貌，客人执意停放时，做好提醒和引导；(2) 提高突发事件处理能力，主动热情帮助客人解决问题；(3) 加强规范服务标准和责任培训，查找服务失误的原因并及时实施补救措施，避免客人流失。

您不要惊慌

11月15日20:46，总机电话“丁零零”响起来，当班小汪热情地接起电话，还没等自报家门，电话那边客人已说话：“我被困电梯，从六楼到一楼，运行至一楼时门没开，现在不知道在几楼。”小汪意识到客人很紧张，立即安抚道：“您不要惊慌，您现在在B座6号梯，我们马上请技术安全部人员赶过来。”

小汪根据饭店电梯应急处理预案，立即通知技术安全部、监控中心、大堂经理等岗位管理人员。大家立即行动起来，监控中心将画面切换到被困客人电梯轿厢并与客人通话："先生，您不要惊慌，保持冷静，我们的专业维修人员已前往，切勿擅自行动，更不能强行扒开电梯内门，以免发生意外。"监控中心的人员安抚着客人，5分钟后，技术安全部人员找到客人被困楼层，将电梯门打开。大堂经理与值班经理对客人进行了心理安抚，并送客人至房间，赠送致歉果盘，得到了客人谅解。

◎分析与应对

电梯作为饭店使用频率非常高的运行设施，其安全性极其重要。出现电梯故障，饭店应及时采取措施，启动电梯应急处理预案。

设施设备出现故障时，相关职能部门应迅速采取行动，尽快消除故障；饭店各部门应加强联勤联动，积极为客人提供服务，做好客人的心理安抚工作；技术安全部应加强各类应急预案处理的培训和演练工作。

凌晨的撞击声

12月的一天凌晨，安保督导老洪正认真地巡视着广场，突然听到"砰"的一声撞击声。声音是从旗杆处传来的，老洪小步快跑赶到现场。

原来，此车辆掉头准备离开饭店时，不慎撞到了旁边的黑色奥迪车头，两车造成不同程度的裂痕。老洪见状，立刻拦住肇事车辆并记录下车牌号，对车主说："先生，您好，请配合处理。"肇事车辆的主人很配合，老洪联系监控中心和前台查找被撞车辆的主人，在联系到车主的第一时间说明了情况。肇事车主与奥迪车主双方协商赔偿事宜，事情得以圆满解决。

◎分析与应对

饭店是人员密集场所，安全重于泰山。饭店要加强安全管理，将安全工作做细、做实，切实保障客人的人身安全和财产安全。因此，我们应该注意以下几点：(1) 做好进入饭店区域车辆的记录工作；(2) 加强夜班人员的巡视工作，提高工作责任心；(3) 加强突发事件的应急处理培训。

用心就会做好

12月12日14:00，营销部小孙接到某公司13日举办60人为期3天的财务培训会通知，此次会议对网络条件的要求非常高，有60台笔记本电脑同时使用。小孙心想："第一次有这么多台电脑同时使用，时间又紧，技术上有很大的挑战性。"

营销部将情况汇报给上级领导，提出心中的顾虑："会议室已覆盖无线网络，但是60台电脑同时使用，信号不一定稳定。"为保障培训会议的顺利召开，饭店召开专题会议，最后决定使用有线网络，以确保网络质量。大家明确目标后细化分工，财务部负责采购网线和电源线板，技术安全部负责会场网线布点和测试会场网络信号，房务部负责会场布置等，各部门按照分工井然有序地开展着各项工作。

12日20:00，在各部门的通力合作之下，会场布置完毕。为确保13日的培训会顺利召开，饭店安排专人负责相关工作，会后得到了参会人员的一致好评。

◎分析与应对

天都国际饭店的服务理念是用规范和责任感动客人。面对时间短、任务紧的情况，各部门认真对待，站在客人的立场上，想客人之所想，在客人提出问题之前发现问题并解决问题，各部门各岗位积极配合、通力合作，大大提升了服务水平。

做好会务服务应注意以下几点：(1) 营销部需加强与会务组的沟通，做好预案；(2) 饭店需针对特殊会议明确会议内容，细化任务目标；(3) 技术安全部提前检查和测试网络质量，确保网络条件；(4) 加强会务的个性化服务，提升会场服务品质。

走错楼栋的客人

天都国际饭店始终坚持“立足自身、修急修齐、注重效率、保障品质”的工作原则。11月20日开始，为提高B座客房品质，打造全新舒适的客房环境，饭店对B座进行全面封楼维修保养。

当天18:00左右，在B座工作一天的维修工老潘准备回岗点汇报一天的工作进展，经过电梯厅时，看见一位客人拖着沉重的行李站在电梯口，老潘很是惊讶："B座维修的楼层怎么会有客人，是不是走错楼层了？"老潘停下来礼貌地问道："您好，先生，需要帮忙吗？"客人也礼貌地回答道："你好，房卡打不开门。"客人取出房卡，显示D座5层房间，老潘马上表示歉意："抱歉，可能是我们没说清楚，这是B座，我引您过去。"客人被老潘的热情感动了，连连道谢。

◎分析与应对

饭店在开展B座维修保养工作期间，应加强施工现场的安全管理。饭店人要做到眼里有"活"，心中有"意"，看到客人需要什么服务，就提供什么服务，要有主动提供服务、满足客人需要的意识。

办理入住时，我们应加强客人的指引工作。饭店任何一位员工遇到类似情况，都应主动、热情、周到地帮助客人，第一时间解决问题。

服务质量在于细节

某日，C0508房张先生晚餐后带着醉意回到房间时，发现笔记本和手机均无法上网，于是打电话至前台："我是C0508房客人，笔记本和手机均无法上网，请你们叫服务员来调试一下。"

10分钟过去了，张先生仍没等来服务员，非常生气，打算再打电话到前台询问。此时，弱电工程师小李正在此楼层巡视，见客人房门大开，同时客人有点醉意，不敢大意，敲门询问客人是否需要帮忙。“你们怎么回事？这么长时间才来，我房间的笔记本和手机无法上网。”张先生说道。小李急忙向客人致歉，马上为其查看不能上网的原因。“先生，您好，您再看一下，已经可以上网了。”小李再次向客人致歉，同时通知客房服务员送蜂蜜水至客人房间。

事后了解到，当时客人太多，前台人员接到电话后忘记通知服务中心，导致没有人及时为张先生检修网络。

◎分析与应对

对于服务行业来说，服务质量无疑是企业的核心竞争力之一，而服务效率是饭店服务质量的重要方面，提高服务效率，不仅能够给顾客留下深刻的印象，而且能够使顾客满意，为饭店树立良好的口碑和形象。此故事反映出前台工作人员缺乏工作责任心，而小李做到了补位，积极解决了客人的问题，且提供了一些延伸服务。

我们应加强前台人员工作责任心的培养，规范工作流程，不仅要认真、耐心、及时地帮客人解决问题，还要做好后续回访工作。

我们应该及时维修

一天上午11:30左右，服务员小吴在清扫续住房B1420房时，发现淋浴小花洒的支架坏了，小吴快速报修，并提醒尽量不要影响客人午休。技术安全部小方迅速来到了房间，对支架进行维修，很快恢复了使用。小吴对卫生间进行打扫后，正准备收拾工具离开时，恰好遇到客人回到房间。

小吴向客人问好，并报告淋浴支架已维修好，请客人放心使用。客人说："昨晚洗澡时发现淋浴支架损坏无法使用，考虑到时间已经比较晚了，所以没有通知服务员，今天也忘记了，还好你们来修了。"小吴及时向客人致歉："我们没有及时发现，现在才维修，请您见谅。"客人表示理解，并对饭店及时的维修表示感谢。

◎分析与应对

切实为住店客人提供满意的入住体验，房务部需做好房间设备和设施的日常管理工作，定期保养维护，同时，提升服务员的职业素质，主动关注客房内的各项设施和设备。此故事反映了服务员能够及时发现问题并及时报修处理，确保客人能够正常使用。

设备设施检修应注意以下几点：(1) 房务部要加强设备设施的日常保养与维护；(2) 发现损坏及时报修，保证客人满意；(3) 技术安全部维修时需按规范流程操作，避免引起客人的投诉。

好心差点办坏事

某日17:30左右，正是团队进店的高峰时段，时不时有一辆满载游客的大巴进入停车场，门厅前方很快只剩下两个大巴车位。这时有一辆电动三轮车驶入停车场，占用了门厅前靠花圃的大巴车位，安保员小汪上前询问，三轮车车主说："我送个东西到前台，钥匙不拔，马上就走。"小汪就没有继续跟进，而是指挥其他车辆去了。很快又有一辆大巴进入停车场，驶向门厅前靠花圃的大巴车位，安保小汪指挥其停到其他的大巴车位上，可大巴车司机却不肯，理由是客人不方便上、下行李。

此时，三轮车还停在大巴车位上，车主不在前台，大巴车司机又不愿意停到其他位置，小汪没有征询任何人意见，就准备将三轮车移到其他地方。结果因为车况不熟，三轮车前后摇晃。安保督导小黄见状赶紧上前帮忙，不料错抓了加速把手，车辆猛地向前一窜，所幸的是未撞到其他车辆，没有引起不必要的纠纷。

◎分析与应对

饭店应完善停车场的安全管理制度，引导车辆正确停泊，保障车辆停放安全，出入有序，防止安全事故发生。此故事中，安保员未严格执行停车场的安全管理制度，没有指挥三轮车停放在不妨碍大巴车停放的位置上，同时私自挪动车主车辆违反饭店规定，安保督导现场指挥调度没有发挥应有的作用。

技术安全部要加强对车辆的管控，严禁私自挪动客人车辆，避免发生安全事故；同时要加强现场督导的管理与指挥职能。

主动沟通是减少投诉的好办法

某日傍晚时分，下着小雨，前广场安保小王正在广场指挥车辆，陆续驶入的车辆几乎停满了广场车位。此时，一辆上海牌照的车辆驶入，小王欲将车辆引导至饭店后方地下车库，但客人希望停放在广场，并表示开了一天的车已经很累了。小王目测了一下广场车位，告知广场已没有停车位了，客人很不情愿地将车停放至地下车库。

客人将车停放至地下车库后，又返回广场，并在广场发现还有两个空车位，顿时怒火大发，与安保小王吵了起来，并表示要投诉。幸好当班督导赶到，问明情况，及时向客人表示歉意，消除了客人的不满。

◎分析与应对

饭店需为客人提供满意的服务，并保障客人的安全。饭店停车场安全是重点，也是难点。安保人员在执行工作时应文明服务，礼貌待客。此故事反映出安保员服务意识欠缺，对停车场车位分布情况不熟悉，没有准确掌握相关信息。

因此，我们应该做到以下几点：（1）提高服务意识和沟通能力；（2）熟悉当班工作，及时热情地帮客人解决问题；（3）客人不理解或有怨言时，要第一时间致歉并安抚。

亲情服务在于用心

5月29日早上，上海客人李先生一家三口刚退好房，欢欢喜喜来到了停车场，打算开车前往黄山游览。然而，出发前，汽车突然发动不了，李先生非常着急。

当班安保员小顾发现后，将情况报告给了当班督导，当班督导立即为李先生联系了修理厂师傅。几分钟后，修车师傅到达现场，对车辆进行了检修。李先生对饭店提供的帮助表示感谢。

◎分析与应对

把客人当家人，做好亲情服务，急客人之所急，为客人排忧解难是天都人的义务。此故事中安保人员能够主动热情为客人解决问题，为饭店树立了良好的形象。

平时工作中，安保人员应加强停车场巡视，及时发现问题，并积极主动帮助客人解决问题。

师徒制传道，传帮带授业

10月2日15:00左右，“丁零零……”技术安全部值班室电话响起：“我是洗衣房，2号水洗机出现故障，不能正常进水。”

黄金周期间，洗衣房待洗布草堆积如山，因此值班的维修员小徐一刻不敢耽误，带着工具小步快跑来到洗衣房。了解清楚情况后，他打开水洗机侧板，逐一排查不能进水的原因。1个小时过去了，故障仍未排除，小徐心急如焚，赶紧联系了自己的师傅方督导。方督导到达现场后根据洗衣房师傅的描述，分析了不能正常进水的原因，很快查找到了故障点，设备很快恢复了正常使用。小徐心生敬佩，赶紧向师傅请教。方督导现场演示说明设备的工作原理和故障排除方法，将自己的经验毫无保留地传授给了小徐。

◎分析与应对

黄山天都国际饭店致力于创建学习型团队，围绕员工能力建设、全面发展和价值实现，提高员工职业素质，帮助新员工适应工作环境，形成和谐、互助的文化氛围，“传”出智慧，“帮”出成长，“带”出文化。本故事中，师傅通过言传身教，使徒弟获取实践经验，同时，师徒情成为纽带，传递饭店人文关怀，促进岗位和谐，保障饭店人才稳定，促进饭店班组建设，在班组内形成了满满的正能量。

我们不仅要加强培训，提升员工业务技能，还要完善师徒制的管理方式，为企业发展、人才队伍建设提供充足的动力。

学习《弟子规》，构建和谐班组

“弟子规，圣人训；首孝悌，次谨信……”诵读是一天工作的开始，安保人员正集中在一起，准备学习国学经典《弟子规》。此时，一位女士推着婴儿车，拎着行李，正准备下楼梯，小方同其他几位同事立即主动上前帮忙。“谢谢你们，也非常感谢昨天你帮我搬婴儿车，还帮我送到大堂，帮忙照看我的孩子。你们这儿环境好，人也非常好。”那位女士说道。小方连忙说：“不用客气，昨天是我当班，在饭店期间有任何需要，我们都会及时为您服务。”“我的车停在那儿，今天要赶往另一个城市。”小方同几位同事一起帮女士将行李和婴儿车拿到车旁，等小朋友坐好，又协助女士将婴儿车折叠好放在后备厢里。小方说：“欢迎您下次光临，祝您旅途愉快。”“下次来我还入住你们饭店，这里让我感到便捷、温暖。”

工作人员不仅坚持学习国学经典，还能将学习与实践相结合，团结友爱，热心帮助客人，切实弘扬了社会主义核心价值观。

◎分析与应对

《弟子规》是值得每一个人学习的经典之作。此故事反映出安保班组员工积极学习优秀传统文化，同时能够与实践相结合，为客人提供贴心的服务。

为构建和谐班组，加强人才队伍建设，我们应该：(1) 大力弘扬中华优秀传统文化，培育和践行社会主义核心价值观；(2) 落实集中学习制度，以古代圣贤的智慧教育员工，持续深入打造“徽州故事”文化主题酒店；(3) 以《弟子规》为引领，指导员工恪守自律，培养员工虔诚之心、仁爱之心、敬业之心，从而提升个人的综合素养。

CAI WU BU

财 务 部

敬业 尽责

规范 细致

“事前准备”是赢得顾客满意的钥匙

天都国际饭店创新营销模式，借力体育馆大型会议场地，11月上旬接待了“全国‘相约名师·聚焦课堂’小学语文、数学教学观摩研讨会”千人会议。这次会议是一个开放、互动的深层研讨会，主要包含特级教师上课、学术报告，专家、名师与一线教师现场对话等活动。

饭店针对会议规格制定接待预案，从接待、车辆疏导、早餐督导、旅游咨询、客流高峰志愿者指引服务等细节入手，明确分工，责任到部门。前厅、财务人员加班加点实行一站式服务，从客人登记、押金缴纳、分配房间到发放房卡等，提前为客人设计快捷的途径。此次会议很多老师是第一次参加，他们不清楚相关程序和收费标准，年龄略大一点的老师身上只带有少量现金，没带银行卡，交了会务费用后不够付房费。财务人员急客人之所急，积极与客人沟通，为老师们及时答疑解惑，老师们特别感动。饭店大堂高清屏幕上滚动播放会议温馨提示，分时段叫醒，分时段早餐，凭押金收据提前分流开具发票和退房时间延迟等细节服务赢得了与会老师的广泛称赞。

会议圆满结束，饭店得到会务组充分肯定与表扬。会务组表示来年将继续与饭店合作，建立长期稳定的合作关系。最好的服务就是口碑营销，“事前准备”是赢得顾客满意的钥匙。

◎分析与应对

饭店高度重视此次会议，优化流程，早谋划、早部署、早安排、早落实。各部门提前做好各项准备工作，确保各个环节万无一失，实现“安全、秩序、质量、文明、效益”五统一，以展现天都国际饭店品牌形象。

对于大型会议接待，我们的一些做法是：(1) 提前与会务组沟通了解准确信息，预留足够的房源，保证客人都能快速入住；(2) 饭店组织相关部门召开会议，明确此次会议的具体安排，分工明确，各司其职；(3) 各岗人员关注客人在店的行程，主动、热情、负责任地答复客人任何问题。

物业费结清证明如何开

一日，业主陈先生因要售卖天都国际饭店某房的房产，按规定需要出具物业费结清证明才能售卖，所以找到饭店要求开具证明。新来的财务员工小李很纳闷，饭店与业主只是租赁经营关系，没有收取业主的物业费，同时饭店也不是物业管理公司，没办法开具证明。陈先生很着急，便指责起小李，小李感到很委屈。

◎分析与应对

黄山天都国际饭店是一家产权式饭店，业主众多，每个业主都有不同的情况，饭店与业主签订的是《委托租赁合同》，在此

REN SHI XING ZHENG BU

人事行政部

严谨　务实

专注　奉献

客人，并将客人送离。

小谢对第一台发票打印机尝试关机、开机好几次都无反应，于是通知了发票管理员，同时自言自语道："这可怎么办？明早退房的客人特别多。"随后，发票管理员赶到前台，查看打印机，发现网络是通的，系统也是正常的，于是电话咨询航信公司。根据航信公司提示，发票管理员先查看了税控网络连接是否正常，发现是正常的，再点击报税处理页面里面的发票修复，对发票进行修复，然后重启电脑，系统终于恢复了正常。

◎分析与应对

当发票税控系统发生故障时，先排查是否存在网络故障。平时使用时不应长时间待机，夜班时应关闭电脑。自己查找不出来原因可致电航信公司24小时客服，根据对方提示检修。

税控系统发生暂时性故障应按如下步骤处理：(1) 检查网络情况；(2) 检查发票数据传输是否正常；(3) 切勿惊慌，积极查找原因并做好记录。

期间免收物业费。业主售房是个人的自由，饭店作为承租方，理应配合业主做好各项资料的完善工作，饭店可根据双方合同中的约定证明租赁期间免收物业费即可。小李为新进员工，对饭店的发展过程不清楚，这方面的培训也没有及时跟进。

因此，财务部需加强对新进员工相关知识的培训，特别是饭店的特殊之处。遇业主咨询业务，新员工若不清楚，应及时咨询督导或经理，帮助业主解决问题。

开发票的烦恼

2016年5月1日，饭店行业全面实施“营改增”（指营业税改增值税），对发票的管理更加规范，也对饭店的财税管理提出了更高的要求。2017年7月1日，又推出新政策：购买方为企业的，销售方开具增值税普通发票时，应在“购买方纳税人识别号”栏填写购买方的纳税人识别号或统一社会信用代码，不符合规定的发票不得作为税收凭证。

饭店原先完全依靠手工输入开票，客人不仅等候时间长，且纳税人识别号特别容易填错导致产生废票。客人投诉多，员工烦恼多。如何解决这个问题？财务部通过了解和试验，提出借助航星旗下急速开票平台，利用扫二维码信息来提高开票效率，引导客人在等待时间扫饭店二维码，编辑好开票信息，直接进入饭店开票软件等待开票区排队。这样既提高了准确性，又大大缩短了客人在前台等候的时间，提升了客人的满意度。

◎分析与应对

“营改增”作为国家一项税收制度改革，目的是减轻企业的税负。饭店应针对自己的经营特点，严格遵守税收法律法规，同时应充分考虑切实可行的办法，一切围绕经营，从服务角度出发，提高客人的满意度。

因此，我们应该注意以下几点：(1) 严格遵守财税管理、会计核算法规；(2) 加强员工开票相关事项培训，提前与客人沟通，错峰开票，优化操作程序，缩短客人等候时间；(3) 退房高峰期，加强大堂秩序管理，关注客人的情绪。

发票金额怎么变了

金秋十月的一天早晨，前台收银员小汪正在给客人开具发票，打印出来后，却发现发票金额与实际输入的金额不符，小汪以为是自己输入错误，又重新开具一张，不料金额依然不符。客人按捺不住情绪：“你们怎么回事？我赶不上高铁你们要负责。”小汪此时急得像热锅上的蚂蚁，不知道问题出现在哪里，于是立即求助发票管理员。

发票管理员仔细查找原因，发现电脑发票页面上“含税价格”指令被更改，此操作相当于取消了含税金额，导致发票开出后的金额为不含税价格，相比客人实际支付的金额少了税收金。

了解到原因，小汪马上为客人重新开具一张发票，并向客人致歉。

◎分析与应对

自2016年5月1日以后，除过渡性安排外，发票只包括增值税普通发票和增值税专用发票。此故事中，前台小汪对发票的构成和开具发票的软件不熟悉，让客人等待时间较长，造成客人的不满和对服务的质疑。

为避免类似情况，我们应该注意以下两点：(1) 前台需加强发票相关知识的培训，熟悉发票软件操作，提高业务技能；(2) 前台针对突发事件应灵活处理，如留下发票的相关信息、客人的地址，与客人沟通邮寄等。

谁动了业主卡

11月的一天，一位先生推开财务办公室的门，向正在上班的财务小余质问道："你们财务怎么回事？我业主卡上的10间房权限怎么被人用了？"小余一边安抚客人的情绪，一边仔细了解情况。原来，这位先生是饭店的业主，到前台订房时发现今年他应该享受的住房使用权已经被他人用完了，所以到财务部来兴师问罪。

小余请客人稍等片刻，快速查询饭店管理系统以及交至财务的单据，确定饭店在操作上无误，且每笔账都有消费的客人签字。为此小余又查询了业主资料，发现此卡去年已经被补办过一次，现在业主手上的卡已经作废了。调出当时的补办记录发现，是由他人代办的，而且有业主本人书面授权。小余将情况告之业主后，业主突然想起："对、对、对，有这回事，去年卡不知道放在哪里了，授权补办过一次。这张卡是老卡，不知道不能使用，所以造成了误会，抱歉。"业主离开时一再致歉，并对饭店的操作流程、资料保管表示肯定和放心。

◎分析与应对

黄山天都国际饭店是产权式饭店，按协议每年提供业主10间房的使用权。但业主众多，且很多业主对业主卡的保管并不仔细，因此饭店对业主卡的管理要严谨认真，做好痕迹管理，严格按《业主卡使用须知》的规定执行，保护业主的正当权益，实现饭店提出的员工、宾客、业主、企业"四个满意"。

遇类似情况应注意两点：(1) 耐心、细致听取业主的反馈，认真帮助业主解决问题；(2) 严格按《业主卡使用须知》操作，确保饭店利益、业主权益不受损害。

怎么开不了发票

繁忙的下午，前台小谢为客人办理退房，一切准备就绪，就在此时发票打印机出现故障，点击开具发票时提示离线时长超限，无法开票。小谢快速使用另一台发票打印机，开好发票交给

你是我的师傅

洗衣房新入职的两名员工提出离职，递交了辞职报告。人事行政部根据惯例，为员工办理离职手续，其间进行了员工离职面谈。

通过交流，人事行政部了解到新员工离职的原因。原来，洗衣房现有员工大多数心直口快，且近期客情较旺，工作量大，大家忙碌工作之余，可能说话会有些不顾忌，在“传帮带”方面有所欠缺。

为了帮助新员工适应工作环境，形成和谐、互助的文化氛围，经研究，饭店全面深入推行师徒制，通过“一带一”的方式，让老员工言传身教，将岗位技能、企业文化等知识传授给新员工。

饭店通过师徒纽带，关爱新员工，关注其家庭状况，帮助其处理同事关系。另外，部门及督导及时督查“传帮带”落实情况，帮助新员工快速融入“快乐学习、快乐工作、快乐生活”的天都和谐家园。

◎分析与应对

饭店全面推行师徒制，消除新员工到新环境的陌生感和不安感，了解员工需求，“传”出智慧，“帮”其成长，“带”出文化。师徒情成为纽带，传递饭店人文关怀，促进岗位和谐，保障人才稳定，促进班组建设。老员工从“知识、技能、态度、习惯”四个维度培训新人，饭店建立多重有效的监督、考核机制，为企业发展、人才队伍建设提供充足的动力。

人才队伍建设的有关举措：(1) 部门要依据员工年龄、文化层次与性格情况，挑选经验丰富、业务熟练、责任心强的老员工，帮助新员工快速成长；(2) 每位师傅要制订培训计划，带领徒弟学习理论和实操训练，同时多关注徒弟的工作和生活，使其快速融入集体；(3) 各部门建立谈心制度，人事行政部建立回访制度，及时了解员工思想动态。

讲好徽州故事，传播天都好声音

2017营销宣传年，为加强精神文明建设工作，饭店坚持营销与宣传相结合，着力提高发稿质量与水平，大力提高主流媒体发稿量，提升饭店对外形象。但是，“巧妇难为无米之炊”，各部门上报信息不及时，报送信息质量不高，影响对外宣传工作。

饭店对信息上报工作进行了深入的思考，制定了《信息员管理方案》，抽选14名员工组建信息员工作队，挖掘并报送部门内亮点信息。另外，饭店向各位信息员分解月度、年度信息任务指标，并实行定额奖惩制度，充分调动信息员的积极性。

自该项制度执行以来，信息报送及时，人事行政部定期与部门信息员开展交流工作，抓准亮点、热点，分享好稿件，信息数量与质量均有所提升，多篇文章被《中国文明网》《华东旅游报》等媒体刊发转载，提升了饭店形象。

◎分析与应对

信息是饭店宣传的重要资源，人事行政部工作不在一线岗位，对信息了解不够及时，通过部门信息员报送制度，可第一时间挖掘各部门亮点事件，及时、准确地向社会各界传达来自天都的声音，提升美誉度，传播正能量。

宣传工作的相关举措：(1) 任务分解到位，制定部门信息员工作职责方案，分解目标任务；(2) 激励奖惩到位，数量与质量并重，实行定额奖惩制度，与绩效考核挂钩；(3) 培训提升到位，定期开展写作培训，相互交流学习，鼓励员工勤动脑、勤动笔，提升稿件质量。

拿什么留住你，我的员工

房务部的小曾递交辞职报告给部门后，部门工作人员打电话问其是否考虑清楚，若确定离职，将停下个月的社保。小曾确认要离职，部门将小曾确定离职的信息报送至人事行政部。

小曾是饭店的第一批员工，是业务骨干，人事行政部有关人员与其进行离职面谈。了解小曾的离职原因时，小曾委屈地流泪了，表示部门工作量大，部门督导之间缺乏沟通，尤其是递交辞职报告后，部门工作人员并未与其面谈，只是电话询问她是否考虑清楚，确定离职就要停交保险，她感觉不被重视，内心很受伤。

人事行政部主任了解情况后，得知小曾并没有找到合适的工作，只是感觉自己不被重视，“心累”才递交辞职报告，于是耐心做其思想工作，肯定其工作成绩，告知其年薪收入及年福利情况，帮助其分析市区其他饭店薪资情况。与部门充分沟通后，小曾决定继续留下工作。

◎分析与应对

优秀的员工是企业的财富。小曾是部门的业务骨干，因工作不开心提出了离职，但部门有关人员的处理方式欠妥。

遇员工离职，我们应该注意以下几点：（1）与员工做离职面谈时，注意方式方法，肯定员工的付出与成绩；（2）了解员工离职原因，根据员工的工作表现予以挽留，并将员工的意见反馈给人事行政部门，做好沟通；（3）对于确定离职的员工，通过离职面谈，消除员工的负面情绪，祝福员工有更好发展。

我是一名光荣的志愿者

2016年以来，天都国际饭店与上新社区党委联合开展了“两学一做强信念，双促双培助发展”党建共建活动，“迎客松志愿者·天都之翼党群服务队”的党团志愿者们发挥特长，“一对一”为社区困难孩子义务辅导功课。

活动开展初期，孩子们比较排斥辅导，时常有迟到、上课不专心等现象。饭店志愿者们集思广益，共同商讨让孩子们感兴趣的学习方法，将枯燥的学变为有兴趣的学。在课堂上，大家改变传统教育方式，通过电影、魔方、象棋、乒乓球等孩子们喜爱的活动导入，充分调动课堂气氛。孩子们和老师渐渐从陌生变得熟悉，越来越喜欢这样的学习方式，学习成绩得到了提高，家长还因此特地写了感谢信来表扬志愿者们。

现在，社区的志愿者队伍越来越壮大，来社区的孩子渐渐增多，辅导方式由原来的“一对一”变成了“一对多”，但辅导质量只升不降。“迎客松志愿者·天都之翼党群服务队”创办的服务活动已成为天都国际饭店党支部的特色党建活动。

◎分析与应对

志愿者活动是一项任务艰巨而且需要责任心和耐心的长期工作，需要志愿者有情怀、有智慧，并且需要部门的大力支持。“迎客松志愿者·天都之翼党群服务队”的志愿者们认真负责，怀着天都人的情怀，把志愿者活动真正当成一项光荣任务来执行，所以能常态化开展志愿者活动，并把活动办得有声有色。

如何开展好志愿者活动？(1) 严格选拔志愿者队伍成员，要选择真正有爱心、有恒心、有情怀、肯动脑的员工；(2) 充分发挥集体作用，提升每位成员的集体荣誉感和认同感；(3) 志愿者活动要有成效，从而激发成员们继续开展活动的热情和动力。

讲身边人，说身边事

饭店连续三年举办“天都好故事”演讲比赛，以“身边人讲身边事”的形式加强精神文明建设，践行社会主义核心价值观。各部门以班组为单位分别选派一名选手参赛，参赛选手们紧扣演讲主题，结合身边人、身边事，用真挚的感情、朴素的语言、高昂的热情，展示了一个个立足岗位、无私奉献的典型形象。

一次次内涵丰富、声情并茂的演讲，充分展示了天都人积极向上的精神风貌，讴歌了天都人爱岗敬业的奉献精神和不断进取的创新精神。

◎分析与应对

黄山天都国际饭店通过演讲比赛“讲身边人，说身边事”，加强员工“四德”教育，推动精神文明创建工作再提升，营造激昂向上、文明和谐的工作氛围，激发员工以更加务实的作风、更加饱满的热情、更加昂扬的状态、更加执着的追求，为实现美丽天都梦而奋斗。

如何培养优秀员工？(1) 发现员工的闪光点，从一件件小事中提炼总结，塑造典型；(2) 宣传榜样的力量，号召员工向榜样学习，“勿以善小而不为，勿以恶小而为之”；(3) 加强优秀传统文化学习，学用结合。

后 记

酒店行业发展日新月异，新技术新手段层出不穷，同时，其秉承的“家外之家”“宾客至上”的服务理念一直被全行业所坚守。如何将这一服务理念与具体的酒店运营相结合，并获得良好的收益，是业界和学界共同关注的话题。

长期以来，酒店管理专业的教学活动与行业实践之间衔接不够紧密，导致了理论学习和行业实践相脱节的矛盾。一方面，受教材出版的滞后性和部分教师只专注于“教教材”的影响，学生在校期间学习的专业知识落后于酒店行业的发展；另一方面，酒店内部的培训素材更多是对实际工作的总结，培训者（多数为比被培训者高一级的管理者）大多采用“传帮带”的方式传授经验，缺乏理论和专业层面的提升。如何打通两者之间的壁垒，充分发挥学界和业界的各自优势，对院校专业办学和人才培养、业界人力资源管理和提升起到良好作用，是双方共同面临的现实问题。

同时，作为省属重点本科院校，如何发挥自身优势，让酒店管理专业的办学和人才培养与其他类型院校区别开来，也是我们面临的问题。为此，安徽师范大学酒店管理专业在原有的专业实习及与业界交流的基础上，大胆改革，创新举措，先后与多家酒店企业开展了新型合作，充分吸收业界资源，共同培养专业人才，逐步形成了行业认知—专业研习—顶岗实习—管理实践的分阶段、主题化人才培养模式。

基于以上考虑，当隶属于黄山旅游集团的黄山天都国际饭店的黄征兵总经理与我们谈到联合开发酒店实习案例时，我们非常愉快地接受了这一邀请。在本书编写过程中，酒店和院校双方多次交流，共同商量搭建框架、筛选案例和撰写评述。虽然过程颇为艰辛，但本书的如期付梓体现了我们与业界一起发展酒店管理专业的信心和决心。

吸收业界资源，服务业界发展。本书的出版既是这项工作的终点，也是我们开拓校企合作新的起点。在合作培养方面，我们尝试了一些举措，如与浙江开元酒店集团联合成立“开元订单班”，与洲际酒店集团联合成立“酒店英才培养学院”，聘请酒店高管担任导师，实现校内校外“双导师制”，等等。在此基础上，我们将继续与国内外知名酒店集团、单体酒店开展全方位、多层次合作，如联合编写酒店管理专业教材、联合申报教研项目、联合开发专业课程资源、联合开展课堂教学等。这样做既是提高本专业办学水平的一种途径，也是本科院校酒店管理专业办学新模式的一种探索，以期适应国家提出的“以本为本”，做到本科教育的“四个回归”，为专业评估和“双万计划”奠定基础。

最后，感谢黄山天都国际饭店和黄征兵总经理给予的这次合作机会，希望今后双方在人才培养、人力资源培训等方面能有更多的合作成果。

是以为记。

尹寿兵

2019年3月12日于文津花园